U0894571

2019年剧本卷

佛山韵律文学艺术丛书编委会 编

南方出版传媒
花城出版社
中国 · 广州

图书在版编目（CIP）数据

佛山韵律文学艺术丛书. 2019年剧本卷 / 佛山韵律文学艺术丛书编委会编. -- 广州 : 花城出版社，2020.7
ISBN 978-7-5360-9158-0

Ⅰ. ①佛… Ⅱ. ①佛… Ⅲ. ①文艺一作品综合集一佛山一当代②剧本一作品综合集一中国一当代 Ⅳ. ①I218.653②I230

中国版本图书馆CIP数据核字(2020)第097365号

出 版 人：肖延兵
责任编辑：李 谓 李加联
技术编辑：薛伟民 林佳莹
封面设计：大 尉 李颖斌
内文设计：李颖斌

书 名 佛山韵律文学艺术丛书. 2019 年剧本卷
FOSHAN YUNLÜ WENXUE YISHU CONGSHU. 2019 NIAN JUBEN JUAN
出版发行 花城出版社
（广州市环市东路水荫路 11 号）
经 销 全国新华书店
印 刷 恒美印务（广州）有限公司
（广州南沙经济技术开发区环市大道南路 334 号）
开 本 787 毫米×1092 毫米 16 开
印 张 18 2 插页
字 数 276,000 字
版 次 2020 年 7 月第 1 版 2020 年 7 月第 1 次印刷
定 价 78.00 元

如发现印装质量问题，请直接与印刷厂联系调换。
购书热线：020－37604658 37602954
花城出版社网站：http://www.fcph.com.cn

—— 佛山韵律文学艺术丛书 ——

编辑委员会

学术委员会

（按姓氏首字母拼音排序）

《2019 年剧本卷》

前言

PREFACE

文化是一个国家、一个民族的灵魂。文化兴国运兴，文化强民族强。习近平总书记在党的十九大报告中深刻指出：“没有高度的文化自信，没有文化的繁荣兴盛，就没有中华民族伟大复兴。要坚持中国特色社会主义文化发展道路，激发全民族文化创新创造活力，建设社会主义文化强国。”

佛山历届市委、市政府都高度重视文化工作，重视文学艺术在城市发展中不可取代的独特作用，近年又明确提出建设经济强市和建设文化强市并举，倾力打造一座人文与繁华并茂、精神与物质共享的文化导向型城市，为佛山阔步迈向率先基本实现社会主义现代化新征程，提供强大的价值引领力、文化凝聚力、精神推动力。

为深入贯彻落实党的十九大精神，进一步繁荣发展社会主义文艺，在佛山市委、市政府的关心支持下，佛山市文化广电旅游体育局和佛山市文学艺术界联合会共同策划了“佛山韵律文学艺术丛书”，旨在记录年度优秀文艺成果，典藏佛山精神财富，彰示岭南文化精神，同时也为佛山制造提供源源不断的精神滋养。

“佛山韵律文学艺术丛书”由佛山市艺术创作院统筹并联合市文联各协会组织编撰，每年出版一辑。2019 年卷是第三辑，共分为小说、散文诗歌、文艺评论、剧本、美术、书法、摄影、民间工艺八卷，主要收录省级以上发表或获奖的作品，另有部分优秀作品经专家严格评审入选。该丛书的出版，是对佛山年度文学艺术创作成果的检阅，更是对佛山文艺工作者的高度认可，同时也成为佛山文艺的一个重要载体和展示窗口。

2019 年，适逢新中国成立 70 周年，佛山的文艺工作者以饱满的热情，积极投身各个艺术门类的创作中去，以手中的笔和相机讴歌新中国的建设成就，记录时代进步的最强音，取得了较好的成绩，是创作丰收的一年。

小说卷收录中短篇小说 14 篇，小小说 18 篇。在过去的一年中，亚明、史鑫、茨平等佛山作家接二连三在文学期刊发表作品。陈映霞、李火生、关佩妍、来去等作者首次入选本丛书。他们出手不凡，传递了自己对小说艺术的独特感悟，展现出佛山文学生生不息的活力。佛山一直是广东小小说的重镇，创作力量强大，梯队整齐，每年都有大量的作品发表和获奖。老作家何百源是一棵常青树，笔耕不辍，保持着丰沛的创作活力。朱文彬、马晓红等年轻力壮，正处于创作的高峰期，是佛山小小说创作的中坚力量。

散文诗歌卷共收录散文作者 22 人，散文作品 32 篇，所选作品，大都在省级以上刊物发表或获奖，其中，盛慧的《走读岭南古村》（外六篇），彤子的《生活在高处——建筑工地上的女人们》等作品已经产生了广泛的社会影响力。该卷还收入诗人 30 名，诗作 64 首（组）。党继、高世现、盛慧、周崇贤、梁德荣、李剑平、朱佳发等皆是当下佛山诗坛的佼佼者。散文诗歌卷显示出佛山的作家诗人们勇于担当社会责任，抒写的是家国情怀，国人命运。相信在以后的创作中，他们会更加自觉自主地抓住时代的脉搏，写身边人身边事，发出佛山文学的强音。

文艺评论卷收录文章50篇，分文学、戏剧影视、美术书法摄影、民间工艺四大类，征稿量和收录量均高于前两届。所收录文章有几个特点：第一，文学类评论依然占绝对优势，其他三大类评论相对比较平衡；第二，文学类之外，陶艺评论和戏剧（粤剧）评论是最多的两类，这跟佛山文化的特色与优势是正相关的；第三，增加了几篇古诗词类评论；第四，涉及文学艺术门类多，作者身份多元，文章在内容、字数、风格以及学术性上相差较大。第五，本土作家洪永争、彤子、董春水、郭杰广、李剑平、陈映霞，剧作家尹洪波、廖维康，画家王永才、段俊豪等人的作品得到了关注，显示了创作与评论的良好互动。总体来看，文艺评论仍有很大的提升空间，本土评论人才的扶持与培育需要给予更多的重视。

剧本卷共收录剧本12本，均为2019年度创作或修订、公开发表或公开排演的原创剧本。作者、演出单位或出品方主要为本土作者或本土院团。其中，戏曲、话剧、儿童剧等大型剧目的剧本，演出长度在90分钟以上；小戏小品剧本为获省级及以上戏剧类比赛、作品评选奖项的作品，或经专家审核评为优秀的市级金奖作品；电影剧本为佛山作者或佛山题材作品，并包括外地作者在佛山期间的创作；音乐剧剧本演出长度在90分钟以上，文学底本为创作完整的全本，且原创歌曲数量在20首以上。评审组充分考虑到入选剧目在该门类创作中的代表性及社会影响度，较为完整地呈现老中青三代的创作风貌。

美术卷共收录200多件作品。其中庆祝中华人民共和国成立70周年全国美术作品展20多件，其他国家级展览如第十二届中国艺术节全国优秀美术作品展、第二届中国青年漆画大展等作品50多件，省级展览90多件，还有数件国际展览作品，入展作品水平和数量高于往年。

书法卷收录了多个庆祝新中国成立七十周年的主题性展览作品，书法家们用自己的方式感恩伟大祖国翻天覆地的巨变。除此之外还收录了2019年中国文化部、中国文联、中国书协、国家级美术馆、国家级画院、高等院校主办的展览获奖作品140多件，省文联、省书协、省级书法院系统主办的展览，以及在《书法报》《书法道报》等权威性刊物刊登作品50多件，市级展览作品170多件，反映出我市书法家的真实水平与精神面貌。

摄影卷从300多幅（组）摄影作品来稿中，选取了96位作者近200幅（组）的照片。收集的范围主要有七大内容：1. 第17届全国摄影艺术展入选作品；2. 国际沙龙影赛部分获奖作品；3. 国内其他摄影大赛及展览获奖和入选作品；4.《我和我的祖国》佛山市第七届摄影艺术展览等级获奖作品；5. 市级各类摄影大赛获奖作品；6. 2019年度新入中国摄影家协会会员作品；7. 2019年度省摄影家协会优秀会员、优秀志愿者作品。

民间工艺卷有近百位艺术家参与，共收录作品190多件（组）件。门类众多，风格各异，涵盖陶艺、剪纸、彩灯、玉雕、刺绣、狮头、漆艺、木雕、纸扑、纸编、藤编、纸艺画、香云纱、灰塑、铁艺、金缮、岩彩画等17个品种，展现出佛山民间工艺百花齐放的发展态势。因为设计师、艺术家、艺术院校毕业生们的参与以及高科技的介入，除了传统工艺精美绝伦的极致之外，也涌现出不少手法新颖、观念独特的作品，令人耳目一新。特别是对现代（后现代）艺术精神的探索，体现了在全球化的视野下，佛山民间工艺与世界对话的自信与胸怀。

习近平总书记在文艺工作座谈会上的重要讲话中指出："文艺是时代前进的号角，最能代表一个时代的风貌，最能引领一个时代的风气。实现'两个一百年'奋斗目标，文艺的作用不可替代，文艺工作者大有可为。"随着中国特色社会主义进入新时代，随着中华民族迎来从站起来、富起来到强起来的伟大飞跃，随着人民的需要从物质文化需求发展到美好生活需要，文化建设与文艺工作也将肩负更多使命。

2019 年 2 月 18 日，中共中央、国务院印发了《粤港澳大湾区发展规划纲要》，佛山正以三龙湾高端创新集聚区为龙头，积极融入和推动粤港澳大湾区建设。站在新的历史起点上，佛山的文艺家们将继续坚持以人民为中心的创作导向，潜心以求，勇攀高峰，打造出更多思想精深、艺术精湛、制作精良的文艺精品，进一步彰显佛山特色、佛山风格、佛山气派，向世界讲述更多动人的佛山故事，以文化的力量塑造城市的精神家园、凝聚发展的动力，使佛山这座历史文化名城绽放出新时代的光辉。

戏曲

音乐剧

儿童剧

电影剧本

小戏小品

戏曲

XI QU

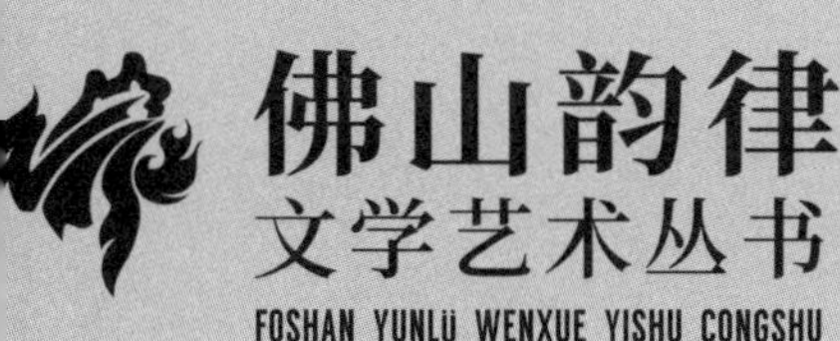

梁启超（现代粤剧）

尹洪波

时　间：1915年12月前后，袁世凯闹腾复辟帝制期间。

地　点：南京　南宁　广州

人　物：梁启超　李蕙仙

袁世凯　袁克定

冯国璋　蔡　锷　陆荣廷　龙济光

谭学义　颜启汉

杜光烈　沈英雕　魏从明　刘全安

众记者　副　官　众军官　众士兵　众士绅

第一场

［南京，冯国璋的都督府。

［幕后一声枪响，一片惊呼。士兵们逮捕了一个女刺客，绑着押上。

［冯国璋内声：梁夫人，任公，请——

［梁启超拿着司提克偕夫人李蕙仙随冯国璋上。

刘全安：哪里枪响？哪里枪响？

梁启超：冯公，请——（幕后唱）

一声枪惊破书生梦。

冯国璋：（接唱）居然暗杀梁先生。

李蕙仙：（接唱）险险乎要了你的命——

（带着余惊，心疼地抚摸梁启超大衣右衣袖，上面有个被枪击破的洞）

梁启超：（打量刺客，笑，接唱）从来美女总多情！

（白）请问，尊客来从何方？

杜光烈：（转过脸来，不卑不亢地）南海康有为。

李蕙仙：他说是康先生派来的。

梁启超：冯都督，您相信吗？

冯国璋：不好说也。

梁启超：（摇头）恩师虽将我革出师门，但他老人家知道我梁启超的誓言：我爱我师——

杜光烈：——更爱你所谓的真理，哼！

梁启超：然也。再说，以我恩师之光明磊落，绝对不会派一个人，男扮女装，来做刺客。

冯国璋：（听说男扮女装，引起注意）嗯？（示意，士兵摘掉了杜光烈的发罩）

［刺客果然是个男人。

冯国璋：（勃然）拉出去，就地正法。

梁启超：慢——（拦阻士兵，上前亲自给杜光烈松绑，恭送）先生，请慢走。

［刺客和其他人都很惊奇。

梁启超：（诚恳地）请告诉我的老朋友尊敬的孙先生——（唱）

天下扰攘凭谁治？

孟子曰：

不嗜杀人者能一之。

铁血夺权可得手，

杀戮复使权丧失。

山河荼毒民遭难，

不忍再见血淋漓。

同为民富国强计，

（白）坐下来，有话好好协商——

何必煮豆燃豆萁。

冯国璋：先生见解高明，冯国璋受教。（对刺客）你可以走了。

杜光烈：（不走，冷笑）其他人可以不杀，梁启超，你这个叛变革命、葬送共和的罪魁祸首，非杀不可！

冯国璋：胡说八道，共和国尚在，袁总统执政——

杜光烈：司马昭之心路人皆知，不在今日，就在明日，袁世凯必然复辟帝制。梁启超啊——（唱）

为共和，无数志士前赴后继，

为共和，英烈鲜血江河横溢。

我中华前进一步不容易，

袁世凯是独夫妄图复辟。

你助他走进总统府，

你帮他组建造币局。

你助他谋杀宋教仁，

你帮他独裁恶势力。

三千里山河重陷封建，

四万万同胞再奉皇帝。

不杀你对不起苍天大地，

杜光烈除国贼纵九死矢志不移。

冯国璋：一派胡言，分明诬陷……

[士兵欲再次绑缚杜光烈。

[梁启超制止。

梁启超：杜先生，（强忍悲痛，唱）

烈火试金七日满，

看人需待百年期。

谁英雄谁国贼拭目以待，

绝不容又流泪又流血志士委屈。

（扶起杜光烈）即便杀一无辜可得天下，某亦不为。先生，请慢行——

［杜光烈欲走出。

李蕙仙：（看到杜光烈男人形象，女人衣服）慢!

［杜光烈误解，冷笑，器宇轩昂再次走回到原来被绑缚的位置。

李蕙仙：（脱下梁启超的大衣，走到杜光烈面前，唱）

南京天气瞬间变，

朔风渡江送轻寒。

此衣虽薄人情暖，

赠予壮士出行辕。（亲手帮杜光烈穿上大衣）

［杜光烈明白这样可以遮掩他假女士的尴尬，有些感动，略显迟疑，退几步，抱拳行礼。

杜光烈：再见！（昂首阔步而去）

梁启超：（对冯国璋）都督大人，咱们也该走了。

冯国璋：哪里去?

梁启超：既然朔风渡江南来，咱们就该迎风北上。

冯国璋：进京?

梁启超：看来，袁老兄真要改姓司马了，不去唤醒他的皇帝梦，咱们对不起老朋友，对不起天下百姓，对不起为了共和而牺牲的千千万先烈啊!

冯国璋：这——任公，此事不妥。

梁启超：冯公，如今天下，袁大总统大概就怕两个人。

冯国璋：哪两个?

梁启超：一杆枪，你手握重兵的冯国璋；一支笔，我影响天下的梁启超。

冯国璋：正因为如此，咱们俩进京，好有一比。

梁启超：比从何来?

冯国璋：狼窝里送孩子——有去无回。

梁启超：不入虎穴焉得虎子。

冯国璋：（想从李蕙仙那里得到支持）梁夫人，此去京城，有死无生，您看呢？

李蕙仙：冯大人，作为妻子，丈夫损伤一根汗毛，也难以忍受啊，可是——（唱）

丈夫总以天下重，

身退需待大功成。

冯都督当世英雄谁不敬？

（白）我夫妻愿追随冯大人，为捍卫共和而奔走——（接唱）

李蕙仙静候佳音在南京。

［梁启超拉住惊愕的冯国璋。

梁启超：都督大人，壮起胆子，你随我走、走、走哇——

［灯暗。

第二场

［北京，袁世凯总统府。

［酒席已经摆好。

袁世凯：（手持一本书，笑）哈哈哈！（唱）

四海纵横凭斫轮，

上应天命下顺人。

十万貔貅拥毛瑟，

试问率土谁不臣？

袁克定：（有些惊慌地上，对正在一桌酒席前看书的袁世凯）父亲，梁启超和冯国璋进京来了！

袁世凯：（投书，自负地）哼，（一指摆好的酒席）为父正在恭候。

袁克定：父亲，此二公一个可以蛊惑天下，一个可以驱兵十万，还有，无数新闻记者跟在他们背后闹闹嚷嚷，来者不善，大敌当前。

［袁克定一挥手，沈英雕带着四个杀手进来，他们腰里佩戴德国手枪，杀气腾腾。

袁世凯：（气定神闲地）书生、武夫而已，为父一字，可定二公。

袁克定：哪一个字？

袁世凯：（让袁克定附耳过来，指着一桌酒席，附在袁克定耳朵边，低语）骗！

［袁克定向父亲点头表示领会。

［内声：梁启超先生、冯国璋总督求见——

袁世凯：请！

［袁克定带领沈英雕等杀手们退下。

［梁启超、冯国璋上。冯国璋敬礼，梁启超抱拳。

梁启超/冯国璋：总统大安！

袁世凯：（还礼）哎呀呀呀，任公，国璋，二位贤弟，你们想死老夫了。请坐！

［三人入席。

［梁启超、冯国璋你看我，我看你。梁启超站起欲说话，袁世凯挥手制止。

袁世凯：二位联袂而来，实在令老夫畅怀，来来来，且满上一杯，以慰思念。

梁启超/冯国璋：总统，我等有要事奉禀——

袁世凯：嗯，要事？

梁启超/冯国璋：要事！

袁世凯：（潇洒地）天下要事，莫过故人相会，相会之乐，莫过饮酒！

［一起大笑。举杯饮酒。

袁世凯：（好整以暇地试探）说到要事，二公知否，有人劝说袁某——复辟帝制。

梁启超/冯国璋：（一起大惊，拍桌而起）啊，贼子误国，不可复辟——

袁世凯：（对他们的强烈反应，有些震惊，但是隐忍，半真半假地）哈哈哈，为何不能复辟，当皇帝滋味很好嘛！（唱）

国人谁不羡帝位？

除非磊落如二公。

一旦称帝得天下，

子子孙孙居龙廷。

梁启超：（站起插话）袁公，大谬不然也——

袁世凯：（打断，客气地）任公请坐——

冯国璋：（插话）大总统——

袁世凯：（严肃命令冯）嗯——坐下。然而，做皇帝，与天下为敌，逆潮流而动，成本很大，不能只做一辈子，要做就要子子孙孙做下去——任公以为然否？

梁启超：总统，如今天下文明为大势，顺之者昌逆之者亡，倒退者为天下公敌，只怕一世也做不成，更何谈二世三世千秋万世。

冯国璋：总统，任公所言有理。

袁世凯：（狡猾地）然而，我之所虑并不在此。

梁启超/冯国璋：总统何虑？

袁世凯：如果一世而绝，大权落入敌人之手，历史则由他人乱写，不仅要留下千秋万代的骂名，还要祸及子孙，弄得家败人亡！

梁启超/冯国璋：（释然）总统英明。

袁世凯：所以，我想请二位，帮助斟酌，袁某如果要当皇帝，儿子们哪一个可以胜任太子？（袁世凯一挥手，袁克定带领一群孩子，出现在背景地方）

[冷眼看着他的一群孩子，梁启超和冯国璋一再摇头。

袁世凯：（跟着梁、冯一起看，看一个，摇头，看一个，摇头，凄凉地）悲哀啊！

（唱）长子克定身残疾，

五千年，何曾残废当皇帝。

次子克文任性惯，

追新潮，誓与帝制不两立。

克良克瑞性愚昧，

克权克玖弱可欺。

儿子虽多无可用，

忍不住泪水滂沱向天泣！

（号啕）苍天啊苍天，为何待我袁世凯如此残酷啊！

梁启超：顺应苍天，民国总统，万世其昌；叛逆苍天，窃国盗权，断子绝孙。总统，慎之慎之！

［袁世凯益发悲哀，顿足捶胸，号啕不止。

冯国璋：任公所言有理，总统应当顺天应人啊！

袁世凯：（忍住哭泣）无人继位，复辟不得？

梁启超：逆天而行，千古蠢事，徒留笑柄，不做也罢。

袁世凯：不做也罢？

冯国璋：不做也罢。

袁世凯：（下定决心）好，不做就不做，袁某不知道别的事情，顺天应人的道理，还是懂得的。

冯国璋：（非常感激）好，好，总统英明，冯国璋在此宣誓，誓死效忠总统，全力稳定大局。

袁世凯：（正中下怀）稳定大局，好，毕竟是多年的好兄弟。（期待地）任公？

梁启超：（沉思有顷）总统虽英明，但虑他人愚昧。为了让天下彻底明白，深刻认识，复辟之无稽、无聊、无理、无耻，袁大总统之绝对不会复辟，梁启超决定撰写一篇文章，公布天下。

袁世凯：一篇文章？

梁启超：一篇文章。

袁世凯：一篇什么文章？

梁启超：《异哉所谓国体问题者》。（唱）

复辟帝制伤众生。

总统绝不逆天行，

举国上下都唤醒，

（白）有敢言复辟者——

千夫所指无疾而终！

［袁世凯一屁股坐在椅子上。

冯国璋：好，好，此文章一出，必定天下响应。再言复辟者，举国讨伐，死无葬身之地。

袁世凯：（有了新的主意）然也，然也，好文章，好文章——愿先睹为快，如何？

梁启超：（推辞）谢大总统支持，一旦付梓，必将最新报刊呈览。告辞。

袁世凯：（怒）只能让我看报刊？（隐忍）也好，也好。

冯国璋：大总统善自珍摄，告辞。

袁世凯：恕不远送，一路平安——

［梁启超、冯国璋下。

［袁世凯沉思，场上很安静，唯有窗外的小鸟，叽叽喳喳。

袁克定：（上）父亲大人，一个“骗”字，骗住了冯国璋而已。只怕梁启超《异哉所谓国体问题者》出笼，煽动舆情，蒙蔽天下，咱们就处处被动了！

袁世凯：（谋定，冷笑起来）为父还有一字，可以安定梁启超。

袁克定：哪一个字？

袁世凯：镇！

袁克定：镇压之镇？

袁世凯：（点头）镇压之镇——有请大将军蔡锷！

袁克定：（对内）有请蔡将军——

蔡　锷：（内声）蔡锷来也——（上，唱）

龙潭虎穴将身陷，
百计苦思脱纠缠。
雄心且掩平康里，
待时一飞冲云天。

蔡锷致敬大总统！（敬礼）

袁世凯：蔡将军，请坐。蔡将军，某有一事相商。

蔡　锷：（入座复起立）蔡锷请示。

袁世凯：听说你的恩师我的朋友梁任公先生最近有一篇文章，什么《异哉所谓国体问题者》，即将发表，不好，很不好。这位老兄未免太过喜欢乱开尊口了。

蔡　锷：原来如此！

袁世凯：最好请他闭口。

蔡　锷：总统英明，恩师性格执拗，请他闭口之说——恕蔡锷无能为力。

袁世凯：既然不能让他闭口，也就只有给他封口或者堵口了。

蔡　锷：请示总统，何谓封口？

袁世凯：这个封口嘛——来人！

［沈英雕闻声而上。

袁世凯：沈英雕队长，你听——（窗外小鸟叽叽喳喳）无乃聒噪！

［沈英雕不假思索，抬手一枪，小鸟应声落地，顿时停场上一片沉寂。

蔡　锷：（有顷）请示总统，何谓堵口？

［袁世凯取出一张银票，推给蔡锷。

蔡　锷：（看银票）大洋二十万——总统，如此之多的大洋，只怕黄河口也能堵得上。

袁世凯：本总统，一直都是非常尊重梁先生的。

蔡　锷：大总统英明，梁启超乃国家名士，银票堵口为上上之策。

袁世凯：（正中下怀，顺水推舟）好，那就拜托蔡将军了。（唱）

　　但愿您效唐雎不辱使命。

蔡　锷：（将计就计）大总统放心——（唱）

　　此一去我包您马到功成。

［蔡锷收起银票，敬礼，欲下。

袁世凯：慢。（唱）

　　一招不慎输全盘，

　　需保将军安全行。

（回头）沈英雕队长，麻烦你陪同蔡将军前往南京行动，以保万无一失。

沈英雕：（手拍枪柄，杀气腾腾地敬礼）沈英雕保证，如需堵口，万无一失！

［灯暗。

第三场

［南京，梁启超居处内外。

［幕后大呼：都督大人冯将军到——

［冯国璋带领一群士绅官僚，在记者群簇拥下上场。

梁启超：（偕李蕙仙上）哎呀，都督和诸位大贤，还有这样多记者先生小姐大驾光临，有失远迎，请，请——

［众人蜂拥而入。

冯国璋：任公，听说蔡锷将军大驾光临南京，拜会先生，故来迎接啊！

众记者：（七嘴八舌）是哦，听说蔡锷将军来访，他人在哪里啊？

［梁启超与李蕙仙你看我，我看你，故意装作惊愕。

冯国璋：任公！（唱）

　　南京城有传言沸沸扬扬，

　　蔡将军带来了廿万大洋。

众　：（唱）招降纳叛梁先生，

天价重金买文章。

梁启超：颜启汉，你是我的学生，你知道这件事情吗？

颜启汉：回恩师，颜启汉不知道此事。

梁启超：谭学义，你与蔡锷是同学，你知道这回事情吗？

谭学义：回恩师，谭学义不知道此事。

［内声：蔡锷大将军拜访——

［场上众人神情不一。

梁启超：嗨嗨，他还真的来了，有请。

蔡　锷：（偕扮作随从的沈英雕上，唱）师徒暗中把计定。

沈英雕：（唱）何来记者如蝗虫？

蔡　锷：（背唱）演场好戏蒙老袁。

沈英雕：（唱）预防迎头起怪风。

蔡　锷：学生蔡锷拜见恩师、师母——（敬礼）

梁启超：（安排）嗯，好好。去，见过冯都督——

［蔡锷、冯国璋等互相行礼。

冯国璋：蔡将军请坐，请坐。

［记者们拥上来，围住蔡锷。

记　者：请问蔡将军来南京有何贵干？

请问蔡将军，是奉大总统命令而来，还是私人行动？

请问蔡将军——

蔡　锷：蔡锷看望恩师，私人行动，不接受采访，请诸位回避。

冯国璋：蔡将军不接受采访，请记者回避。

［士兵驱赶记者。

梁启超：不，梁启超“书有未曾经我读，事无不可对人言”。松坡，有什么事情，只管对他们说！

［记者们一起喊好。

蔡　锷：（为难地）恩师——

梁启超：既然松坡没有话说，梁启超倒是有件事情，拜托诸位记者朋友。（向李蕙仙示意）

［李蕙仙早有准备，取出来一沓稿纸。

梁启超：梁启超新写了一篇文章，《异哉所谓国体问题者》，想发给在场诸位记者，以广宣传——

蔡　锷：慢！（阻拦梁启超发放文章）

梁启超：讲。

蔡　锷：恩师——实不相瞒，学生就是为此文章而来。

梁启超：难道文章有什么不妥？

蔡　锷：（压低声音）学生以为，如此文章，还是请总统阅读之后再做定夺。

梁启超：民国政治，非皇权专治，文责自负，总统无权干涉。

［记者们一起声援。

蔡　锷：这——

［梁启超看到蔡锷迟疑，故意再次欲发放文章。

蔡　锷：（再次阻拦）恩师，学生愿意……（欲掏银票，又回看冯国璋）

冯国璋：（明白，命令卫士）请记者们暂时回避。

［士兵驱赶记者。

梁启超：不要驱赶记者。松坡，记者们深知为师之意——为师也在待价而沽啊！

记　者：请回答，请回答。蔡将军请回答，大总统要给多少钱？

蔡　锷：（为难地）恩师——请看——（出示银票）

梁启超：（看银票）厉害，二十万大洋——

众　：（一片惊诧）啊！

梁启超：大总统出手果然阔绰，可惜，还没有达到梁启超心中预定的价格！

蔡　锷：此乃惊人天价，恩师还要什么？

梁启超：我要打倒复辟，我要一个统一富强的中国。

蔡　锷：（严肃地）大总统如此曲意逢迎，可见格外体谅恩师，尊重恩师，何其难得，还望恩师慎重。

梁启超：国家前进一步，人民牺牲无数，岂容国贼篡权，倒行逆施！

蔡 锷：（威胁）总统为尊，人心所向，恩师若率意而为，不仅个人后果堪忧，只怕，咱们师徒之情谊也难以久长！

梁启超：（气愤至极）你，你这个攀附国贼的孽徒——（撕了银票，抄起司提克，怒指蔡锷，唱）

复辟之路万人恨，（一步一步逼退蔡锷，到台口，边打边低声唱）

趁此机蒙蔽袁贼逃京门。

速去云南招旧部——（大声唱）

大英雄要做护国第一人。

[用司提克打掉了蔡锷的帽子。

记者们：师徒反目，相互痛殴。

蔡 锷：（指着梁启超，一语双关地）你，你以为蔡锷是怕死的人吗？（唱）

人命岂可抗天命，

国运昌隆靠袁公。

[梁启超追打。

冯国璋：任公手下留情。（阻拦梁启超）

蔡 锷：师母救我——

[李蕙仙掩护蔡锷。

蔡 锷：（趁着李蕙仙掩护，暗指沈英雕，低声交代，唱）

需防身旁有刺客——（大声唱）

从今后一刀斩断师徒情。

李蕙仙：（一语双关）你走吧，我们的事情不用你问！

冯国璋：（劝阻）蔡将军，不可如此。

梁启超：自今日水火不容，让他走。

蔡 锷：从此后势不两立，告辞了。（拉起沈英雕）走——

[蔡锷、沈英雕出门。

沈英雕：将军先行一步，（拍腰间手枪）沈英雕要留下封口。

［**二人分头而下。**

梁启超：（对众人）各位媒体朋友，请收下拙作，公开发表和传播。

冯国璋：（有些担忧地阻拦）任公——

梁启超：今天，梁启超之人可以死，梁启超之文必须生。

［**梁启超夫妻二人，毅然将文章分发给了众人。**

［**众记者持文章纷纷告别下场。**

记者们：（边走边喊）重大新闻，重大新闻，梁蔡绝交，师徒反目！

［冯国璋见梁启超坚持，摇头无奈而下。士绅们随下。唯有颜启汉和谭学义留下。

梁启超：启汉，这里有我的书信一封，你速去广州，交给广东总督龙济光，劝说他起兵护国，讨伐袁世凯（交出信件）。龙济光反复无常，嗜杀成性，你千万要慎重。

颜启汉：即便舍身成仁，也不负先生教诲。（接过来书信）学生告辞。（出门）

［颜启汉出门下，躲在一旁的沈英雕追看，发现不是梁，放过。复躲起。

谭学义：恩师？

李蕙仙：学义，稍待片刻，我要与你师话别。

［谭学义入内。

梁启超：蕙仙，我要赶去南宁，协助广西总督陆荣廷，发动护国战争，讨伐袁贼！

李蕙仙：（黯然神伤）蕙仙早有预料。

梁启超：（难言）贤妻啊！此一去，凶多吉少哇——

李蕙仙：凶多吉少——

梁启超：九死一生哇——

李蕙仙：九死一生——（忍不住啜泣）

梁启超：贤妻，要以生者为重，孩子——拜托您了——

李蕙仙：启超啊，我的先生啊——（唱）

山有狂风水有浪，

前有刺客后有狼。

你有重任在肩上，

妻有哀思断肝肠。

梁启超：（唱）感谢贤妻多体谅，

我有巾帼谢上苍。

此去生死隔雾障，

一物相遗慰衷肠。（取出自己给自己做的灵牌，上写梁启超灵位）

李蕙仙：（哀声）梁启超之灵位！（抱丈夫灵牌，悲痛难忍，身段，唱）

手捧灵牌泪水淌，

生离死别忒心伤。

灵牌好似冰一块，

怀抱冰凉忆苍茫。

最忆那年白云山，

棕榈葳蕤山风凉。

君在山顶北方望，

珠江奔腾书生狂。

你说道，偕妻共走百年路，

你说道，夫妻一体同三光。

你说道，纵使白云山倒立，

一家人一条心五雷轰顶不分张。

多少年，夫唱妇随携手过，

多少年，举案齐眉恩爱长。

现如今，夫君变成冰一块，

隔断阴阳忒恓惶。

知君用心如明月，

君莫忘李蕙仙三千哀思九回肠。

梁启超：（唱）分别约期三十天，

打响护国第一枪。

饮马黄河重相见，

高歌共和大乐章。

三十天后枪未响，

请将灵牌竖前堂。

灵牌宣告生死断，

灵牌与你连阴阳。

灵牌就是梁启超，

启超永在你身旁。

身旁有你夫君在，

夫君陪你不恓惶。

李蕙仙：（强忍悲酸）启超——你以灵牌示我爱情，示我必死之心，为妻也做了灵牌，示我永远追随之情——（取出写着自己名字的灵牌，唱）

三十天后重相见，

携手新会是故乡。

三十天后枪不响，

妻陪你灵牌双立在前堂。

梁启超：（哀声）李蕙仙之灵位——

［夫妻双双拜灵牌。

梁启超：蕙仙！（唱）

忍见生人对死殇，

别有恩爱碎肝肠。

我劝世人少读书，

读书误我误妻房。

李蕙仙：（唱）我劝世人多读书，

人生当作大文章。

做人就做梁启超，

天下山河独承当。

（打起精神，拍打灵牌）启超，凄惨之别，不是你我夫妻形状！

梁启超：夫妻壮别，以灵牌相慰，前无古人，后无来者，且听我新诗一首：

丈夫有壮别，不做儿女颜。

风尘孤剑在，湖海一身单。

天下正多事，年华殊未阑。

高楼一挥手，来去我何难？

李蕙仙：夫君——

［突然，一声枪响，夫妻表演区灯暗。

［室外。

［杜光烈穿着梁启超的大衣，已经中枪，翻滚上场，沈英雕持枪追上来上前查看。

沈英雕：啊，你不是梁启超？

杜光烈：（手护胸前枪伤）我不是梁启超。

沈英雕：你，为什么穿了梁启超的大衣？

杜光烈：梁启超先生的信徒，自然要继承他的衣钵。（开枪，击毙对方）

［梁启超夫妻、谭学义等听到枪声，冲出门外。

［沈英雕已经死亡，杜光烈呼吸困难。

李蕙仙：杜先生——（上前照顾杜光烈，想抢救）

杜光烈：（艰难地脱掉大衣）对不起，梁先生——（唱）

您铁肩担道义，

您妙手著文章。

以往的冒犯多担待，

还求您护国大任独担当。（还大衣，牺牲）

梁启超：（紧紧抱住染血的大衣，对已经停止呼吸的杜光烈）我向所有为共和牺牲的烈士发誓，梁启超以一己之躯，发动护国战争，推翻袁世凯，九死而无悔！

［幕后悲吟轰然而起，山呼海应，断魄摧魂：啊——

［灯暗。

第四场

［广州，白云山龙济光的会议室。

［龙济光在这里举行会议，讨论颜启汉劝说他举兵讨伐袁世凯的事情。

龙济光：（向大家介绍身边的颜启汉）兄弟们，这位是梁启超先生的得意弟子，颜启汉先生，大家欢迎。

［众军官鼓掌。

龙济光：颜启汉先生给本督送来了梁启超先生的书信，要我龙济光起兵广东，讨伐我们的大总统，大家以为如何？（示意魏从明）嗯！

魏从明：标下魏从明以为不可。

颜启汉：共和叛逆，复辟元凶，人人得而诛之，为何说不可？

魏从明：放屁，分明是以下犯上，以弱击强。

颜启汉：独夫民贼，外强中干。共和叛逆，岂能称上？

魏从明：他妈的，老子说不可就是不可。（掏出手枪）你敢骗我们白白送命，老子毙了你。（举枪欲射击）

颜启汉：我若害怕你的手枪，就不会来到这里——

［魏从明迟疑。

龙济光：颜先生——厉害啊！

［魏从明再次用枪威胁颜启汉。

颜启汉：（毫无畏惧）胸无点墨，唯知用枪，心无天下，自私自利，有辱共和军人声誉……

龙济光：先生不要骂人，以免激起兵变。（示意魏从明开枪）

魏从明：敢骂老子——（开枪）

［颜启汉倒地牺牲。

［众人皆愕然，不知所措。

［幕后：洪宪皇帝钦差大人到——

袁克定：（上）武烈王爷，还不赶快迎接圣旨！

龙济光：（愣住了）武烈王爷？

袁克定：（展开圣旨）万众一体，“中华帝国”，天下归心，改元洪宪。洪宪皇帝圣旨下——钦封广东都督龙济光将军为“中华帝国”之武烈王！

［吹吹打打中，下人抬上来武烈王袍。

龙济光：我，我封王了？（惊喜地围绕王袍兜圈子，然后，跪下）洪宪皇帝万岁！

魏从明：洪宪皇帝万万岁！

［龙济光下属有敬礼的，有磕头的，有不知所措的，乱七八糟。定格。

［参拜者定格，梁启超和袁世凯上，两束光，分别打在他们的身上。

袁世凯：梁先生，看到了吧——（唱）

中国人谁不图名利，

帝王位老少咸宜大目的。

梁启超：（唱）追利当追天下利，

捍卫共和志不移。

袁世凯：（唱）独臂难撑大厦倾，

小民何以反皇帝？

梁启超：（唱）民心一统山河改，

万年潮流不可逆。

袁世凯：（唱）我一袭王袍两广战，

你一介书生怎为敌？

梁启超：（唱）书生读书明事理，

铸就铁肩担道义。

袁世凯：（唱）先生还是回来吧，

封王封公好商议。

梁启超：（唱）梁某必然回京城，

为小丑皇帝收尸体。

袁世凯：哇呀呀呀！

梁启超：喔哈哈哈！

［收光。

第五场

［灯亮。

［广西，陆荣廷安排梁启超居住的地方。

陆荣廷：（一拳打翻了桌子，愤怒）梁先生的学生，我陆荣廷的使者，他敢一枪崩了。（对身旁副官）调动人马，我广西与广东龙济光开战！

梁启超：（内声）不，（带众人上）陆都督，两广开战，正中袁贼诡计。

陆荣廷：革命叛徒，不能不除。

梁启超：鹬蚌相争，渔人得利。

陆荣廷：背后有强敌，孤军怎北上？

梁启超：梁启超即刻启程，亲自过去广州，说服龙济光。

谭学义：不可，广州之行，有死无生。

众追随者：先生，万万不可过去广州。

［梁启超不为所动，众人转求陆荣廷。

众　：将军，梁先生如此，是冒必死之险啊！

陆荣廷：（迫于众人压力）先生——（唱）

丧心病狂龙济光，

鲁莽灭裂轻文章。

龙潭虎穴不能闯，

害您罪名难承当。

梁启超：是我自己坚持要去。

众　：先生，死路一条啊！

梁启超：梁启超若为共和而死，无限荣光。

[众人只好跪下哀求。梁启超不为所动。大伙儿转求陆荣廷。

众　：督府大人，不能眼看梁先生送死啊！

陆荣廷：（对副官）把这里保护起来，不许梁先生出门一步。（示意）嗯——

副　官：（意会）属下明白！

[副官安排看守。

[陆荣廷率众人下，场上唯留梁启超和谭学义。外面有一些看守士兵。

梁启超：学义，咱们从南京出来多少天了？

谭学义：回恩师，咱们从南京出来二十五天了。

梁启超：哦，还有五天，时间太过紧迫了，收拾行李，咱们去广州。

谭学义：恩师，外面有士兵守护，走不得。

梁启超：学义，老师会隐身术，外面的士兵，看不到我们。

谭学义：恩师，这个时候了，不要再说笑了。

梁启超：老师撒过谎？

谭学义：恩师从来不撒谎。

梁启超：那就好，走吧！

谭学义：恩师说会隐身术，肯定是撒谎。

梁启超：那好，咱们师徒打个赌。我们大摇大摆出去，如果有士兵能看到你我，出手阻拦，我就再也不提去广州之事，你看如何？

谭学义：如此，学生愿随恩师出门一试。

[二个人出门，遇到第一批站岗的士兵。但是，士兵装作没有看到他们。谭学义很奇怪，咳嗽一声，士兵们视而不见。他们继续走，遇到

第二批站岗的士兵，这俩士兵也装作没有看到他们。谭学义咳嗽两声。他们继续走，遇到副官，副官也装作看不到他们。谭学义大声咳嗽，军官不理睬，谭学义小声说：梁先生走了——副官和士兵，全部转身。

谭学义：（突然大呼）我们走了，梁先生要去广州了！

[军官率领士兵，一起齐步走，悄然而去。

谭学义：恩师，这是为何？

梁启超：为了共和。

谭学义：他们没有眼睛吗？

梁启超：他们有心。（高声吟哦）仰天大笑出门去，我辈岂是蓬蒿人——学义，你随老师走、走、走哇——

[梁启超偕谭学义下，留下一路豪迈笑声。

[副官带着士兵上。

副　官：走了？

士　兵：走了！

副　官：（向内）报告——

[陆荣廷上。

陆荣廷：走了？

副　官：走了！

陆荣廷：真的走了？

副　官：真的走了。

陆荣廷：梁启超，英雄！

众　：（朝着梁启超走下的方向，由衷地呐喊）梁启超，大英雄！

[灯暗。

第六场

［龙济光安排梁启超暂时居住之处。

［几个士兵打扫卫生。

士兵甲：（对卖力打扫的士兵乙）何必认真，梁启超绝对不会住下来的。

士兵乙：梁先生为什么不会住下？

士兵甲：这个烫手的山芋，龙总督一定会把他赶跑的。

士兵乙：只怕赶不走。

士兵甲：赶不走，轰走，轰不走，吓走——难道梁启超他不怕死？

［龙济光内声：梁先生，请——

［梁启超：龙将军，请——

［士兵甲乙潜下，梁启超偕谭学义随龙济光上。

龙济光：（唱）早闻先生名气大，

一篇文章动中华。

老龙虽是粗莽汉，

客来广州就是家。

梁启超：谢龙将军。

龙济光：不客气。

梁启超：请龙将军稍坐片刻，听梁启超说说天下大势。

龙济光：哈哈，梁先生，不就是想让我起兵讨袁，发动护国战争吗？好说，好说！

谭学义：好说就好。

龙济光：不过，共和讲究民主，要跟兄弟们好好商量。明天白云山召开军官大会，梁先生到会上，跟军官们说。

谭学义：就是这样的军官会议，杀害了我的师兄颜启汉。

龙济光：（威胁地）都是些行伍出身的野蛮东西，说打就打，说杀就杀，很难统领，所以，一定要跟他们好好商量啊！

梁启超：龙将军要梁启超也像颜启汉一样，跟他们好好商量？

龙济光：先生，俗话说，统兵如统虎狼，实在是无奈之举啊！

梁启超：（笑起来）不过，虎狼也懂得利害关系。

龙济光：也是，也是。先生一支笔抵百万兵，让他们明白厉害。

梁启超：（坦然地）好吧，你且召集他们，我一定与会。

谭学义：（担忧）恩师！

梁启超：（吩咐）准备好我的大衣。

谭学义：是。

龙济光：好，好！（唱）

南国小院很幽雅，

亭台楼榭金桂花。

进出随便无人管，

（白）梁先生，距这里不远——

车站码头可溜达。

梁启超：（并不领情）不可溜达，免得耽误明天一早的军官们会议。

龙济光：梁先生，军官们是一定要带枪参加会议的哦，如果不允许他们持枪，只怕他们生疑，疑则生变，变则——

梁启超：（断然）允许持枪，不带枪，也不像军人。

龙济光：不过——

梁启超：没问题，让他们荷枪实弹，全副武装，梁启超愿意跟手枪和子弹对话。

龙济光：（实在劝说不走，下定决心）好，会议上见，告辞。

梁启超：恕不远送。

[龙济光下。

[谭学义：抱着包袱上。

谭学义：（递上包袱）呶。

梁启超：（收势）不是我要。我要你带上它，连夜送回南京——去吧！

谭学义：不，恩师您走吧，学生留下，参加明天的白云山会议。

［突然，外面响起爆豆一样的枪声。

谭学义：（惊慌）恩师——

梁启超：（淡然地）这是在赶我走。

［魏从明带着一群化装成暴徒模样的士兵，冲进来发疯。

［威胁步步逼近，威胁分有层次，呐喊、骚扰、开枪，最后一颗子弹，打坏了桌子上的花瓶。

谭学义：（大惊失色，掩护梁启超）恩师——您快走吧！

梁启超：（镇静地）哈哈哈，广西不让我来，我偏偏要来；广东想赶我走，我偏偏不走。

［面对强梁，梁启超旁若无人，舞动司提克，如同舞剑，唱：于戏乎！

古人往矣不可见，

山高水深闻古踪。

萧萧风雨满天地，

飘然一身如转蓬，

披发长啸揽太空。

前路蓬山一万重，

掉头不顾吾其东。

［匪徒看魏从明的眼色。魏从明被梁启超的舞剑逼得步步后退。

魏从明：（退出，对部下大声地）哼，等着吧，明天我一定枪毙他！

［魏从明带领部下悻悻然而下。

梁启超：（收势）学义，我们离开南京多少天了？

谭学义：恩师，整整二十九天了。

梁启超：二十九天了——学义，你是个听话的好学生，我让你走，你就走吧！

谭学义：我不走。

梁启超：让你走，也是很重要的事情。老师，已是必死之身，你，何苦来哉！

谭学义：我不走——

梁启超：你，给我走！

谭学义：学生不走！

［梁启超用司提克驱赶谭学义。一打，两打，三打——谭学义被打得退出，但又冲回，抓住司提克，慢慢跪下。请注意：加上打蔡锷，两次打学生，每次都是为了赶学生走，方式不同，目的一样，打的方式有不同，需要在“程式”上，仔细斟酌。

谭学义：恩师在，学生在，如果恩师逼我走，学生就一头撞死在这里。

［凄楚悲凉的音乐砉然响起，音乐声中，梁启超悲壮地抬头，似乎看到妻子李蕙仙。

［两束光，分别打在梁启超和李蕙仙身上。

李蕙仙：启超，二十九天了，你在哪里？

梁启超：我在咱们夫妻生死之间。

李蕙仙：（唱）自别后一天似一年，
黑发人晓来寒风两鬓斑。

梁启超：（唱）只觉得心力已憔悴，
浑身血液凝成团。

李蕙仙：（唱）你的噩耗漫天雪片，
重门难挡可怕谣言。

梁启超：（唱）我的担忧时时在，
忧国忧民忧家园。

李蕙仙：（唱）夜里噩梦将夫唤，
醒对灵牌泪不干。
（白）二十九天了啊——
（夫妻合唱）最盼这一天，
最怕这一天。
为何还要有一天？
为何不能多一天？

［李蕙仙隐去。

［袁世凯着皇帝装出现。

袁世凯：梁先生，后悔了吧？

梁启超：后悔？留给你自己吧。自从与你宣战，从来未曾后悔。

袁世凯：任公啊，何必宣战。想戊戌变法之前，你我曾是朋友。

梁启超：你伪装维新，我引为同道。变法失败之后，我们就分道扬镳了。

袁世凯：成立共和政府，你我再次联手。

梁启超：中国富强，急切需要统一的强大政府。但，不需要阴谋野心家。

袁世凯：分分合合，我从未把你当作敌人。

梁启超：与你合作，为了国家命运，与你分手，也是为了国家命运。梁启超从来不结私仇，不树私敌。

袁世凯：既然交情还在，我愿意与你第三次联手。

梁启超：除非你悬崖勒马，放下屠刀，废除洪宪，向国人认罪。

袁世凯：嗨，梁启超啊！（唱）

捍卫共和愚蠢之见，
一人护国螳臂泥丸。
纵然是你化为一粒火炭，
变不了大江南北地冻天寒。

梁启超：（唱）

说什么捍卫共和愚蠢之见，
说什么大江南北地冻天寒。
我愿将天下寒冰全饮遍，
我愿效杜鹃泣血唤春天。
何惧你握重兵跋扈强悍，
不推翻袁世凯绝不生还！

袁世凯：哇呀呀呀！

梁启超：喔哈哈哈！

［灯暗。

第七场

［白云山，龙济光的会议室，场景与颜启汉牺牲时同。

［军官们陆续就位。龙济光陪着魏从明走到最前面，帮助他选择了最佳的当初枪击颜启汉的位置。在龙济光暗示下，他检查了一下自己的手枪。

龙济光：（向军官们讲话）兄弟们，今天，白云山来了一位尊贵的客人，他就是著名的梁启超先生。梁先生是非常非常有学问的，欢迎梁先生给我们训话，大家鼓掌——

［众军官鼓掌。

［梁启超带着谭学义上，梁启超穿着杜光烈送还的那件大衣，血迹宛然。

梁启超：兄弟们，梁启超没有什么学问——梁启超还是有点儿学问的。

［众人笑。

龙济光：（呵斥）严肃！

梁启超：是的，要严肃，因为今天是个严肃的日子，告诉大家，梁启超不是来训话的，是来送死的。

龙济光：不光梁先生有可能送死，兄弟们都要做好送死的准备——梁启超先生要我龙济光起兵广东，讨伐中华帝国洪宪皇帝。龙济光本人已经做好了陪同梁先生一起送死的准备了。（示意魏从明）大家做好送死的准备没有？

魏从明：标下魏从明以为不可。

梁启超：为何不可？

魏从明：老袁是皇帝，真龙天子。

梁启超：什么皇帝，共和叛逆，复辟元凶，人人得而诛之！

魏从明：放屁，你妖言惑众，要我们以弱击强，你罪犯大不敬，以下犯上。

梁启超：独夫民贼，外强中干。共和叛逆，岂能称上？

魏从明：他妈的，老子说不行就是不行。（掏出手枪）你敢骗我们白白送命，老子先毙了你。（欲射击）

梁启超：我若畏惧你的手枪，岂敢来到这里？

［魏从明迟疑。

龙济光：（示意魏从明）不可莽撞，这可是梁先生啊——

［魏从明再次欲上前用枪威胁。

梁启超：（毫无畏惧）共和军人，心怀天下，面对强梁，敢于牺牲，自私自利，有辱共和军人声誉……

龙济光：先生息怒，以免激起兵变。

魏从明：敢骂老子——（开枪）

［谭学义扑过去掩护梁启超，中枪。

梁启超：（扶住谭学义）学义！

谭学义：恩师——（唱）

血从今日尽，

命从此时绝。

追随恩师走，

一生未白活。

（注意：杜光烈死了，谭学义也死了，“程式”都应该有，还需不同）

梁启超：（强忍巨大悲痛）谢谢你，我心爱的学生！

谭学义：恩师，护国战争胜利之际，莫忘坟前告祭学生啊——（死去）

梁启超：（慢慢放下谭学义）学义，放心走吧，为师随后就到。（对着龙济光）龙济光，来吧——（拍着胸脯）朝这里开枪吧！

龙济光：先生，今天军官们情绪激动，不如先回宾馆，以后再说。

梁启超：不。要么，我讲话；要么，你开枪。

龙济光：（决绝地）如果先生坚持，军官们情绪不稳，龙济光不敢保证您的安全。

梁启超：哼，用强权压制的，侏儒懦夫；用子弹封口的，胆小如鼠，今天，我穿着这样一件衣服而来，就没有准备生还——让你的子弹，来吧！

［魏从明举起枪。

军官甲：不许开枪，请梁先生把话讲完。

众军官：请梁先生把话讲完。

梁启超：谢谢有理智的诸位兄弟。容梁启超牺牲之前，用这件衣服，祭奠一下学生的亡灵。（唱）

这血衣曾陪我日本流亡，
十几年为民族历尽哀伤。
革命党施暗杀弹穿衣袖，
烈火迹硝烟味艳丽幽香。
第二次遭暗杀袁贼凶手，
革命党替我死挺起胸膛。
这一次来杀害明火执仗，
好学生舍身救血溅衣裳。（脱下大衣）
三次杀害它作证，
见证了共和大业有希望。
见证了梁某人坦荡，
见证了小丑枉跳梁。
这血染的风采似大旗招展，
这血染的风采似霞光张扬。
血沃中华肥劲土，
春风浩荡醒炎黄。
这大旗，这霞光，中华土，我炎黄，给我爱徒披身上，
免得你地府阴司再受伤。（用大衣覆盖谭学义）

我向爱徒致敬礼——

（哭白）我的学生，我的战友，我的亲人啊，你为民族而死，你为正义而亡，你为信仰而牺牲！（接唱）

千秋万载灵魂香。

（白）龙济光，既然害怕我对大伙儿讲话，来，赶快开枪封口吧！

[魏从明举枪。

[众军官靠近梁启超，围拢保护。

军官甲：不许开枪，让梁先生继续讲。

众军官：不许开枪，让梁先生继续讲。

梁启超：龙济光，你开的不是枪，是历史的倒车。你背叛了千千万为了共和国流血牺牲的烈士，你公然与四万万同胞为敌，你将两广百姓推进了生灵涂炭的战火，你陪伴一个复辟小丑，上演了一场闹剧，做了遗臭万年的败类。（唱）

志士何惧身万死，

精神遗世共三光。

英雄临危放眼量，

中华民族胸中装。

你开枪吧！

不与丑类一起站，

不与叛逆同太阳。

你开枪吧！

用生命报答我同胞，

用鲜血染红父母邦。

[幕后呼声：报告——江苏都督冯国璋通电广东，要求保护梁启超先生！

[一束光，照亮戎装冯国璋。

[幕后呼声：报告——广西都督陆荣廷陈兵边境，要求速速送还梁先生！

[一束光，照亮戎装陆荣廷。

[幕后呼声：报告——大将军蔡锷，在云南打响了护国战争第一枪，

通电全国，打倒袁世凯！

［一束光，照亮了戎装的蔡锷。

［在军官甲带领下，所有军官一起围绕梁启超，掏出枪，枪口指向魏从明。

龙济光：（明白大势已去，命令）把武烈王的王袍抬上来！

［护兵抬上来武烈王王袍。

龙济光：梁先生，我宣布追随您造反揭竿！（朝王袍开枪）

［顿时，枪声大作，惊天动地，歌声起：

莫道书生无能耐，

捷报飞来天地改。

一人护国舞干戚，

洪宪王朝被掩埋。

［天幕上传来的声音：袁世凯　唔呀呀呀！

梁启超　喔哈哈哈！

［闭幕。

（本剧由广州粤剧院排演）

作者简介

尹洪波：国家一级编剧，原佛山市艺术创作院院长，中国戏剧家协会会员，创作有《大树参天》《天地人心》《深圳日记》《小凤仙》《三剂药》《许包野》等30多部大型话剧、戏曲作品，其中20多部由省市剧团上演，创作《西楚霸王》《地火》等多部影视作品，由中央电视台等机构拍摄播出。

伦文叙三脱虎口（新编古装粤剧）

——根据伦文叙传统民间故事改编

苏 隽

人 物：

伦文叙：男，二十出头，岭南才子，新科状元；

伦夫人：女，二十岁，原名李春花，伦文叙夫人；

赵士德：男，五十多岁，武英殿大学士，西宫娘娘赵贵妃之父，国丈；

包藏攀：男，四十多岁，绰号“包撞板”，伦文叙宿敌，国丈赵士德心腹；

弘 治：男，四十多岁，当朝天子；

赵贵妃：女，二十岁，原名赵雪仙，武英殿大学士赵士德之女，西宫娘娘；

周 南：男，五十多岁，御史；

石 婶：女，五十多岁，广东乡民，曾获伦文叙搭救；

石 秀：男，二十出头，石婶之子；

秋 菊：女，十八岁，伦夫人贴身丫鬟；

成亲王：男，五十多岁，原名朱尚德，弘治皇帝之叔；

赵完松：男，五十多岁，天监狱官，赵士德心腹；

好心人：男，三十多岁，名阿茂，卅六证人之一；

广 海：男，八十岁，广州大佛寺住持；

百姓若干，官兵若干。

序

[伦文叙状元打扮，鸣锣开道，上场。

[一众百姓上场，递上状纸。

[伦文叙看着众人殷切目光，最终收下。

[幕后唱“得胜令”

鬼才返桑梓，衣（“意”音）锦还乡，

岂知百姓拦路，声声哭诉告贪赃。

满纸皆血泪，痛骂豪绅恶霸，教人怒满腔。

文叙愤起，坚心把正义伸张！

坚心把正义伸张！

[造型，幕闭。

过场戏

[二度幕前。

[一群官差，四出找寻。

官差甲：（念“白榄”）

东找西寻，要捉状元入罗网。

官差乙：（接唱）

东藏西躲，行动决不可声张。

官差丙：（接唱）

一旦事成，定当论功行赏。

官差丁：（接唱）

且看伦文叙，终归有何下场！

［众官差暗中搜寻而下。

第一场

时　间：日

地　点：大佛寺

［大佛寺门前，香客络绎不绝。

［寺门前人来人往，卖香及不同小贩民间杂耍等，热闹非凡。

［石婶、石秀“小锣相思头”唱出。

石　婶：（唱“杨翠喜”）

春色撩人醉，似画中诗，

同来佛寺拜念祈求菩萨，

恩公今晚就返京师，

盼得福荫佑佢安舒。

石　秀：（接唱）

文曲之星璨耀四海知，

声震广府万民赞誉。

今我但闻佢来佛寺，

盼得送他返京表心意。

（转念“卖白榄”）

香烛果品都备齐，

同娘亲来到大佛寺。

石　婶：（接念）

这里菩萨灵验远近名驰，

我们拜佛祈福，愿伦状元一路顺意！

我们就买个“顺风铃”啦。

小　贩：（接念）

现在正是买一送二。

石　秀：（接念）

我就买二送四，毫不犹豫！

小　贩：（接念）

你买这么多所为何事？

石　婶：（接念）

要为新科状元祈福祉！

小　贩：（接念）

哦！原来是状元伦文叙，我知他一路行侠仗义！

［一旁百姓被吸引。

百姓甲：（接念）伦状元，

百姓乙：（接念）又有新鲜事？

百姓甲：（接念）快快讲，

百姓乙：（接念）我们好想知！

石　秀：（接念）

他的功德你又知？

小　贩：（接念）

因为我同他是老乡，佛山人氏！

伦状元自幼称鬼才，

聪明绝顶好懂事。

生于佛山长在省城，

本是贫寒卖菜仔，

如今鱼跃龙门一朝得志！

百姓乙：（接念）

接下来的事情，省城都知啦！

他回乡途中，遇百姓递状纸，

虽未上任，但想为民伸张正义！

为佛山曾氏寡妇洗雪沉冤，

在河源铲除恶霸救得石氏母子！

石　婶：（接念）

讲到此处也不相瞒，

我们就是那对河源石氏母子！

百姓甲：（衬过序浪白）啊？怪不得你们叫新科状元伦文叙做“恩公”？

石　婶：是啊。（唱“杨翠喜”中段）

他抱打不平来相助。

石　秀：（接唱）他救得乡民留恩义。

石　婶：（接唱）乡里黎民尽记他好处！

石　秀：（接唱）感恩恐为迟。

百姓乙：（接唱）你快些讲讲讲，

讲出恩公究是有何计施，

方救乡亲脱离祸事？

百姓甲：（接唱）乡里颂扬状元，

善心和浩气，

你快脆讲多啲！

百姓乙：对啊，不要搞到我们好像“半夜食黄瓜”——不知头不知尾啦，快多讲一些给我们听啦！

［众人七嘴八舌：“讲啦讲啦！快讲啦！”

石　婶：（韵白）

他正直为人，才华昭著，

为民请命，义不容辞。

每遇拦路告冤，都接下状纸，

助力地方官吏，剥茧抽丝。

石　秀：正是！（唱“慢板”）

河源潘老虎，恶霸横行，霸占民居良田，骄横行事。

我们祖屋，惨遭拆除，无处叫苦，委屈难书。

石　婶：（唱“乙反中板”）

无情潘老虎，说什么八字相冲，把我家翁，赶于别处，

祖屋被拆，家翁无家可归，满怀悲愤，命丧阴司！

（接“戏皇叔”）

无路告，无路诉，离泪愤恨难自持。

乡绅恶，谁替我诛之？

（接“哭相思”）劫祸难尽书！

百姓甲：（浪白）这真“黄鳝上沙滩”……

百姓乙：（浪白）不死都一身潺啦！

石　婶：（接唱“慢板”）

幸得伦状元，

助乡官巧判案，

智斗那豪强，

还有我们母子！

石　婶：（接唱）今欲求菩萨，

保佑状元爷，

平安一路，

（吊慢）无险无夷！

石　秀：（白）娘亲，我们入寺进香拜佛吧。

百姓甲：（白）我们也一起去！你们等阵讲给我们听听，状元爷怎样明判冤案吧。

［石婶、石秀与众百姓走下。

［内场唱“花间蝶引子”：暖春时，寺中解难疑！

［伦文叙整理一身华服，浑身不自在。

［伦夫人为其整理衣冠。

秋　菊：状元爷，以前穿惯布衣素服，现在鱼跃龙门，就要习惯一下这些锦衣华服了！

伦夫人：多嘴，前面就到大佛寺了，还不走快两步？

［秋菊引路。伦文叙、伦夫人前行。

伦文叙：（唱“长句二流”）

我伦文叙，本是个卖菜儿，

长街眼见多少不平事，

勤读圣贤经策，望将公义维持！（合）

终得折桂枝，衣锦还桑梓，

百姓拦马前，呈上状纸，

痛诉乡绅，教我痛难持，

我一路抱打不平，伸张正义。（上）

［伦文叙因衣衫太长，差点跌倒，夫人、秋菊扶住。

伦文叙：（接唱）这衣裳，虽别致，

穿不惯时差点屈到脚趾，

不若换却，素服布衣，

自在一身，方合意。（上）

把夫人唤，快与我换短衣！

伦夫人：（接唱）你今日已成，状元名士，

怎可随街换裤，有失礼仪。（尺）

秋　菊：状元爷，以前你穿惯布衣素服，现在鱼跃龙门，就要习惯一下，穿锦衣华服，还要似做大官的样子啊！

伦文叙：我是个穷苦人家出身，虽穿上锦衣华服也不摆官架子，更不会变心忘义！

伦夫人：讲得好！这才是真君子。

秋　菊：春花姐……哦，现在该改称伦夫人！伦夫人爱得可是真心实意，（对伦文叙）伦夫人望状元爷你高中回来迎娶她，等到快成望夫石，问你知不知，正是皇天不负有心人，今天奴婢变夫人，有心都未算迟！我秋菊当然为你高兴，还要四处传扬你俩有情有义！

伦夫人：你个秋菊再胡说，信不信我掌你的嘴！

秋　菊：才怕！（故意提高声）伦夫人爱伦状元，“珍珠都冇咁真”呀！看，已到大佛寺，我们不如快点去求个签，许个愿啦！（唱“百花亭闹酒”）

袅袅青烟，清风扑面，

香客纷至神殿前，

许个愿，美愿告苍天，

远途求路畅，

品签吉凶见，祈求佛祖眷念！

（白）走快点啦，状元爷！

伦文叙：这么大声做什么？来求个签又何必声张？

秋　菊：状元爷驾到，声张又如何？

［石秀、石婶与众香客闻声而上，定睛一看伦文叙。

石　秀：哎呀娘亲，真是我们恩公伦状元！

［石婶、石秀与一众百姓都围在伦文叙身边，众口齐声：“状元爷啊……”

秋　菊：嘻嘻，状元爷，看来你也难“侧侧膊，唔多觉”啦！

百姓甲：（唱“下西岐”）

状元爷才与德，民间皆知！

百姓乙：（接唱）**赞颂您清正心，恰似清泉泽布衣。**

伦文叙：（喜滋滋，接唱）

感恩岭南乡亲美誉，

我实愧得浮名，羞对恩赐，

恕我难自持。

仕途立世坚心志，

要为民命发词，

责任毋疑。

伦某本是，

岭南卖菜仔。

今朝折桂添福祉，

应遵良知！

石　秀：讲得好！

［一席话引得众人喝彩。

伦文叙：来到佛寺，我百感交集，想我幼时，家中穷困，无钱读书，也是得好心法师，教我识字，才有今天啊。

［广海和尚上，见伦文叙。

广　海：原来状元爷，也是与佛有缘之人啊！

众　人：广海法师！

广　海：（唱“滚花”）

但听鼎沸人声，原来状元已到，可知老衲等候多时。

如今为您卜卦求签，请移步佛殿深处。

百姓甲：（白）哎呀大师，（接“滚花”）

何不就在此地求签解卦，我们也关心他运数何如！

广　海：这个嘛……伦状元意下如何？

伦文叙：既然大家关心，那我就在这里求签！

［伦文叙拿过签筒，求得一签，交予广海。

广　海：（接签一看，眉头大皱）这个……

伦文叙：怎样？

广　海：实不相瞒，此乃下下签是也。

伦夫人：（一惊）下下签？

［众人皆显惊讶。

伦夫人：（唱“二黄合字序”）

闻言下下签，教我实难持，

万念忧心，运程难遂意。

请教广海师尊，把签意明言，

化我难疑！

祈求您尽言，指点办法何如。

众百姓：（接唱）唯尽力去一试！

广　海：（唱“八字句二黄”）

状元爷上京，恐有小人，施毒计。

[众人议论更甚。

伦文叙：（接唱）伦某品行笃正，量奸邪难起端倪。

伦夫人：（衬序浪白）对，大家不用担心。

百姓甲：（接唱）吉人自有天相，您菩萨心肠，福星护卫！

石　婶：哎呀状元爷，小心驶得万年船啊，您今时不同往日啦！（唱“木鱼”）

以前孤身一个，如今家有贤妻，

哪怕无惧无畏，也当顾念妻儿。

险恶世途，当小心行事，

对付奸党，要费心思。

下下之签，您该当留意，

一旦误入圈套，悔恨都已迟！

伦文叙：（望了望伦夫人，心有忐忑）这……广海法师，那可有化解之法？

广　海：这个嘛……（掐指一算）我赠你一物，或可一试。（取出锦囊，递予伦文叙）状元爷若遇危难，及时打开，或可逢凶化吉。但未到危急关头，切勿开启，而且，锦囊只能你一人看，否则难以灵验。

伦文叙：（接过锦囊）那就真是谢过广海法师了！

广　海：我也不知能否灵验，但求一试。

伦夫人：啊？那也是吉凶难料。

伦文叙：夫人，你也不必多虑。

石　婶：状元爷，我没什么可以送给您，只能赠您银针一根，一来路上可缝补衣物，二来，银针有试毒之功用，可防居心叵测之人啊！

伦文叙：（接过银针）谢过大婶。

石　婶：哎呀，我们还是一起去求拜佛祖，保佑伦状元逢凶化吉啦！

［众人赞成，欲入寺。

［一群官差上。

官　差：（对众百姓）别走，别走，你们在这里，有没有见过伦文叙？

秋　菊：哎呀？状元爷的大名，你也胆敢直呼？是不是“寿星公吊颈——嫌命长”啊？

伦文叙：秋菊，祸从口出啊！（上前介）官差，本人正是伦文叙！

官　差：你就是伦文叙？

伦文叙：正是。

官　差：好啊！（唱“快中板”）

伦贼踪影确难知，

岂料相逢大佛寺！

今番看你怎争持！

（接“滚花”）

快将他押回京师，了却差事！

［众官差欲捉拿，石秀上前挡住。

石　婶：慢！（唱“滚花”）

你们狐假虎威欺人太甚，

众百姓：（合唱“滚花”）

誓帮状元脱险危！

官　差：我也是奉命行事，有话留番天牢再讲。押走！

［官差抓伦文叙走，众人保护伦文叙互相争夺，定格。

［切光。

第二场

时　间：日

地　点：御花园内

［赵士德与包藏攀分坐两边，摆着棋局。

赵士德：一局残棋今已定；

包藏攀：管你三头六臂，也难逃命！

赵士德：包藏攀，你这一着棋，果然使得啊！

包藏攀：那也是多得国丈大人您撑腰，才可"神仙过铁桥——包稳阵"啊！

赵士德：哈哈哈哈……伦文叙啊伦文叙，是你不仁，我才不义呀！

（唱"板眼"）

今回里应外合，他就水洗都唔清。

包藏攀：（接唱）将除心腹大患，想起都好心情。

赵士德：（接唱）他夺我外甥状元位，"买棺材唔知订"。

包藏攀：（接唱）他一再断我财路，欺人太甚恨难清。

赵士德：（接唱）大患必除……

包藏攀：（接唱）他该当认命！

合　：（接唱）是他咎由自取，莫怪我们得意忘形！（板眼止）

包藏攀：（浪白）国丈大人，我们一于双剑合璧去报仇！

赵士德：（浪白）谁叫他让我外甥柳先开做不成状元，累我少个心腹！

包藏攀：（浪白）谁叫他多管闲事，插手我胡员外的恩怨，断我财路！我们要他"老公泼扇"……

赵士德：（浪白）什么意思啊？

包藏攀：（浪白）妻凉（凄凉）啊！

赵士德：哈哈哈……（唱“旱天雷”）

他得意运程、程、程，

终要遇霜冰、冰、冰。

我乖女做咗皇妃蒙恩我又得国丈名！

包藏攀：（接唱）

玲珑皇妃“电”得圣上头晕砣砣“另”。

赵大丈人更架势，“掠”佢国土跟坚兵，

应记住我诚心携手助您成“巨星”！

赵士德：（接唱）

如能成事记你一功啦喂，

只要大家齐心同心力保事成！

［二人阴险地笑。

［内场：圣上驾到！

赵士德：皇上来了！

包藏攀：国丈大人，“棋局”布好，接下来，就看你的一手好棋了！

赵士德：放心，现在我女儿贵为西宫娘娘，我就不信我无力反败为胜。

包藏攀：那我先行回避，等阵下棋！（捧起棋盘与赵士德同下）

［起“一锭金”，弘治皇帝、赵贵妃与一众宫娥上。

弘　治：（唱“二黄序”）

夜正凉，轻步如飘风清劲。

花丛纵千姿，怎比赵美人，万种风情。

赵贵妃：（接唱）

明眸半含情，风韵尽娉婷，唯愿圣君高兴。

弘　治：（长句二黄）沉醉月朗风清，

歌阕佳人吟咏。

诗酒相伴，爱妃万种风情。

赵贵妃：（接唱）

圣上劳心，为民勤政。（句）

（二黄）奴当略解忧困，纤手送柔情。

（滚花）圣上酒兴未完，待我奉上醇醪尽兴！

弘　治：够啦够啦。可惜有酒无歌，未能尽兴！

赵贵妃：有，有！（接“滚花”）妃子已命乐师宫娥同歌舞，主上与我共庆升平！

弘　治：哦？哈哈，好！（坐下）

赵贵妃：（另场唱“滚花”）

受父所托，引皇上到御花园，设棋点醒。

所谓“鬼才”，能否治罪，就看这棋局成不成。

（白）主上，大礼奉上！乐师，奏乐！

［音乐起。赵贵妃与众宫娥翩翩起舞。

弘　治：好！妙！

［舞毕，赵士德拿着字画，在宫娥中出来，打开字画献给弘治。

赵士德：老臣叩见皇上，吾皇万岁万岁万万岁！

弘　治：国丈免礼，这是……

赵士德：臣知圣上，钟情书画，今日老臣特献上王羲之真迹，望圣上笑纳！

弘　治：哈哈……你真知孤王心意！

赵士德：臣做得不够！

弘　治：做得真够！

赵士德：做得不够！

弘　治：做得真够！哈哈哈……

［共笑介。

赵士德：圣上，老臣深知圣上对棋艺精通，近日老臣突遇一残局，实在难破，想皇上赐教如何破局点睛？

弘　治：诗画歌舞尽升平，棋局动脑实扫兴。

［赵士德见势不妙，向女儿打眼色。

赵贵妃：主上！（唱“卖相思”）

我爹垂怜痛主上，为国忧心苦拼，

夜半圣主寝不瞑，何堪思绪未宁。

盼在此，共对弈，

教君舒心气清。

有谁知君主唔领情，

奴家思绪难平！（嗔怒）

弘　治：（疼爱，唱“滚花”）

爱妃为何，显出嗔怒影，

朕只是开个玩笑，怎会不领情？

（白）不要生气啦。来来来，布局，布局！

赵贵妃：就知主上领我之情！（妩媚一笑）

弘　治：（唱“滚花”）

爱妃你真个是倾国倾城，

抵得过千军沙驰骋！

赵贵妃：（接唱）

只求圣上快把棋来下，

看主上“棋”开得胜鼓乐鸣！

[弘治与赵士德各坐一边，开始对弈。数步之后，弘治欲行棋，赵士德劝阻。

赵士德：（韵白）皇上，螳螂捕蝉，黄雀在后，恳请三思而后定！

弘　治：（韵白）果然有险棋在侧，真令孤王为难左右不安宁。

赵士德：（韵白）祸根不除，确是后患无穷需警醒！

弘　治：（韵白）哦，国丈之语，似有弦外之韵耳边鸣。

赵士德：主上，老臣有一席话，不知该不该讲。

赵贵妃：爹您此言差矣，圣上虚怀若谷，宽宏大量，有什么不能讲呢？（娇嗲地）圣上呵！

弘　治：（大悦）贵妃所言甚是，国丈但说无妨。

赵士德：老臣想说的，是那个所谓“鬼才”伦文叙的事，正如此残局一样，若不处置，后患无穷！

弘　治：哦？伦文叙之事，你曾启奏，他行为不正，可有跟踪查清？

赵士德：禀告主上，老臣已将伦文叙押入天牢，特向皇上复命！

弘　治：（怒）什么？

赵贵妃：主上因何勃然大怒？这……这让奴家实在心惊啊。

弘　治：别怕，别怕，我不怒就是了！（强压怒火）国丈竟把新科状元押入天牢，究是何故啊？

赵士德：主上！（唱“七字清”）

他惑众妖言不堪听，
把地方官吏尽看轻。
夸口状元，帝皇任命，
不顺从听话，则不服圣明！

弘　治：（唱“三字经”）

事有蹊跷，该先禀后定。

赵士德：（接唱）为防走漏，先步查清。

弘　治：（唱“爽七字清”）

听你所言，可有实证？

赵士德：（接唱）桩桩实据，待我细说分明。（腔）

禀主上！（念“有板口白”）

这个伦文叙，骄横任性，
深受皇恩，但有负皇命。
在原籍广东，借报母仇，
大杀良民一千三百几名。
又妄杀官员，凌辱忠良，
有失圣上爱民爱子之情，
更骄奢淫逸，铺张之极，

强占民房民田，欺凌百姓，

勾结官吏，图谋变乱，

诸多罪状，数不清。

求圣上不可姑息，杀一儆百！

若不严惩伦文叙，后患必酿成，

江山恐有不保之危！

恳请圣上，能解老臣痛心疾首心情！

赵贵妃：主上！（唱“叮咛”）

期望你忠奸辨明，

直谏君应当细听。

莫把奸险相看轻，

决不姑息惹祸成。

（白）求圣上三思，莫让奸人得逞！

弘　治：爱妃所言甚是。但事关重大，该当公道处理。赵国丈！

赵士德：老臣在。

弘　治：朕命你和御史周南，明天五更时分，同往大理寺，主审此案。

赵士德：臣领旨！

弘　治：棋局已解，摆驾回宫！

［弘治、赵贵妃与众随从同下。

［包藏攀复上。

包藏攀：我都听到了，皇上总算没偏帮那个伦文叙。

赵士德：可是我要和御史周南一同审理此案。那个周南，不好对付。

包藏攀：不好对付么？等我想想。（思考）有了，赵大人，您不是有个手下赵完松，在天牢做总管吗？

赵士德：是啊。

包藏攀：有人就好办事啦！我要他“南无佬跌落屎坑——冇晒符（没辙）”！

（唱“旱天雷”）

今次定功成，成，成，

好快灭灾星，星，星，

啯个什么文曲才子莫得意忘形！

赵士德：（接唱）

才高八斗也定难延寿命，

若是仲还与我拼，

必会令他“一铺清”。

包藏攀：（接唱）

应要尽出奇招茅招害佢难定惊。

良谋还待您我推敲细致。

赵士德：（接唱）

今晚就应才思泉涌度出奇招，

步我家中度桥共探明！

包藏攀：遵命！

赵士德：走！

[二人同下场

[切光。

第三场

时　间：夜

地　点：天牢中

[伦文叙与伦夫人共处狱中，伦夫人正为伦文叙缝补破损衣裳。

伦夫人：（唱“秋水伊人”）

摇针线，暗惜我夫君泪涟涟。

临劫数，看不出深浅，

收监惊恐难眠，

何堪嗟怨？

唯缝划破衣衫，

静待吉星高照眼前。

伦文叙：（浪白）夫人，这衣服只是押来之时，划破少许，又何必急于缝补呢？

伦夫人：（浪白）相公，你就让我做些事吧，否则满心愁怀，又何以排遣？

伦文叙：（浪白）夫人，别太担心，我听到狱差讲，明天一早，就让御史周南大人和国丈赵士德，在大理寺审理我们案件。我们“行得正企得正（行为端正）”，何惧受审？定会逢凶化吉的。

（唱“中板”）

曾记今朝人空巷，粤岭万民，为我佛前祈愿？

好人自有吉星照，我们问心无愧，邪气难缠。

伦夫人：（接唱）听得夫君语，宽慰心肠，恰如初春露暖。

就且静候时运到，好人平安，当自坦然。

伦文叙：夫人说得对。现在都已四更，很快就天亮，到大理寺上走一趟，我们就无事啦。

伦夫人：好。既然难以入寐，我就继续用石婶送的银针，帮夫君缝补衣衫。

伦文叙：看你做到满头汗，我来帮你擦下汗。

[赵完松上。

赵完松：（唱“板眼”）

赵完松是我咯，在天牢只手遮天，

奉命收拾伦文叙，事急马行田。

今宵饭菜已下毒，将他们来暗算，

神不知鬼不觉，看他何处申冤？

大功告成，再与国丈爷见面。

他实赞我醒目，赏赐银钱！

（暗笑）嘻嘻嘻……伦文叙，我睇你点逃出我手指缝！但是，这毒饭毒菜，怎样送给他们呢？

［狱差报上。

狱　卒：赵总管！

赵完松：什么事？

狱　卒：那个叫秋菊的丫头，大吵大闹，说水都没得喝，吵得我们心烦至极。

狱　卒：（怒）不知好歹！（转念一想，暗笑）既然这样，那我就将计就计。放秋菊、石秀出来见我。

狱　卒：是！（传令）放秋菊、石秀出来见赵大人！

［另外两狱卒带上秋菊、石秀，走到赵完松面前。

赵完松：两位，听闻你们肚饿了？

秋　菊：知就好。

赵完松：不好意思，伺候状元爷的饭菜，当然要精心烹制，免不了久些，现在酒菜已备，请慢用。人来，上菜！

秋　菊：好啦！有饭吃啦！

［狱卒拿出酒菜。

狱　卒：几位，请用膳。（放下饭菜，退下）

秋　菊：好啊好啊！

石　秀：快端去给状元和夫人吃吧。

［石秀与秋菊把酒菜端到伦文叙跟前。

秋　菊：状元，夫人，有饭食啦！

伦文叙：哦？半夜才来送饭？

秋　菊：好香啊，我帮你们盛碗汤吧。

伦文叙：秋菊，一点规矩也不懂，你们都还未向赵大人言谢！（向石秀、秋菊打眼色）

秋　菊：食完先慢慢多谢啦。

石　秀：秋菊，这些礼数都不懂，小心“祸”从“口”出啊！（故意一指酒菜）

秋　菊：祸？口？（看了看酒菜，会意）哦，对对对，要好好言谢！

石　秀：（拉秋菊走到赵完松跟前，挡着赵完松视线，唱“青梅竹马”）

　　　　您恩德重似山，翻生菩萨观音脸！

秋　菊：（接唱）您胜过天中月，皎洁好心今得见！

石　秀：（接唱）谢您辛苦眷顾，施德布恩，似春风暖，

秋　菊：（接唱）您善心一片，定得好报连连！

石　秀：
秋　菊：（合唱）祝您身心康泰，荣华耀贵，一生不变！

［在石秀、秋菊故意拖延同时，伦文叙夫人已用石姊所赠银针，测出饭菜有毒。

秋　菊：（回头，看到银针）这饭菜果然……

伦文叙：（忙收起银针，抢白）果然是美味珍馐啊！（笑，唱“凤阳花鼓”）

　　　　赵大人待我，善心一片！

赵完松：（接唱）我满心景仰，诚心敬状元！

伦文叙：（接唱）你我今宵缘分至，（倒酒）

　　　　两相浅酌，求君莫辞嫌！（递酒）

赵完松：（吓得后退，接唱）

　　　　不必挂齿，你应趁膳酒暖！

伦夫人：（接唱）鸡脾我要敬奉献！

石　秀：（接唱）山珍我要敬奉献！

秋　菊：（接唱）香菜，花雀，应敬得您这大恩……

四　人：（合唱）我要敬奉献！

　　　　（白）吃吧……吃吧……

［四人争相把手中食物递向赵完松。

狱　卒：（耳边提醒赵完松）时已五更，再不了决他们，就来不及了。

赵完松：知啦！（对伦文叙）状元爷。别客气……你们吃吧……

［赵完松和伦文叙将酒杯推搪一番，最后酒杯落地。

秋　菊：哇！酒落地上，地上土泥当即化成轻烟。若饮入口，岂不是肠穿肚烂？

石　秀：赵大人，难道这酒菜，有毒？

赵完松：你……你……你开什么玩笑？

石　秀：证据确凿，还想抵赖？讲，为什么要害我们？

赵完松：哼，你们不要敬酒不饮饮罚酒！人来！

［一众狱卒上，对伦文叙狰狞相向。

赵完松：这顿饭，你们不吃也要吃！横又死掂又死，何不做个饱鬼奔赴黄泉？总好过刀枪无情，弄得个血肉模糊，死无全尸！

伦文叙：你……好，我吃，但我有个条件！（唱“七字清”）

对我矛头勿乱窜，

池鱼莫要枉牵连。

由我今宵进毒膳，

放他三个出生天！

伦夫人：不可！（接唱）

我生作伦家贤属眷，

死也共您同赴黄泉。

毋望偷生以泪洗面，

毋教夫您独自蒙冤，

（白）石秀啊！

带秋菊共行回乡转！

深居简出植桑田！

（白）快去！

石　秀：我不走！我们定当共历艰险！

秋　菊：我也不走！

赵完松：呸，谁说给你们走？一个都不能走！不吃是吗？同我上！

［众狱卒欲斩四人，石秀奋力抵抗，但很快招架不住。

赵完松：同我斩！

［众狱卒正欲动手。

［内场：鸡啼声，天亮。

赵完松：这么快就天亮了？

［一众衙差上场。

衙　差：奉周御史之命，将伦文叙一干人等，带往大理寺受审。有劳赵总管开监放人。

赵完松：遵……遵命。开监，放人！

［众狱卒打开狱门，放出伦文叙等人。

伦义叙：（唱“滚花”）

正所谓小技雕虫，谁堪骗？

今脱出无牙的老虎口，不枉我一夜想计周旋！

（白）后会无期啦！

［伦文叙等人随衙差而下。

赵完松：今次怎向国丈大人交差啊？（哭）

［收光。

第四场

时　间：日

地　点：大理寺内

［大理寺，摆着八字台。

［内场：升堂！

［衙差、校尉、周南、赵士德上。

周　南：（念“英雄白”）

本官周南为御史，

大理寺内辨雌黄。

圣谕当前来判案，

如山重责理应当。

赵士德：（接）

蒙皇圣恩同审案，

（另场）报仇雪恨，在当堂！

周　南：人来，把犯人带上！

衙　差：知道！

［伦文叙、伦夫人、石秀、秋菊被押上。

赵士德：伦文叙，你中得状元，回乡路上，以状元之名，欺压地方官，留下不少冤案错案，草率行事，恃势横行，肆意杀戮，有伤天地好生之德，有背圣上爱民之心！你可认罪？

伦文叙：无稽之谈！

赵士德：（怒）你……你……

周　南：赵大人息怒。您所列罪状，可有真凭实据？

赵士德：将有三十六名证人前来，共同指证伦文叙，到时看他如何狡辩。

周　南：（一怔）哦？

赵士德：周御史，我知您与伦文叙，过往素有交情，但此时此刻，我劝您也再莫偏袒维护，否则，怕您也乌纱不保啊！

伦文叙：哈哈，哈哈，哈哈哈哈……

赵士德：伦文叙，你笑什么？

伦文叙：（唱“长句滚花”）

把心放，把心放，

听你一言我心舒畅，

今日大审，定好戏连场！

卅六证人，古仔快来讲，

不过卅六人讲古，最好度定腔，

在座听官都在场，倘若作得离奇，哼哼，定出洋相！（句）

（接“滚花”）

若果古仔都讲不顺，我们一于笑到你面黄！

[在场之人均大笑。

赵士德：哼，伦文叙，到这时候你还骄横跋扈，你尽管笑吧，就看等阵你还笑不笑得出！

[大理寺衙差报上。

衙　差：赵大人，周大人，不好了！

周　南：什么事？

衙　差：启禀大人，三十六名证人前来途中，全部惨遭杀害！

赵士德：（吃惊）什么？这是何人所为？

衙　差：杀害证人的一群恶霸，快如闪电，手起刀落。全数杀害后，一哄而散，无法追捕。

周　南：哦？那可有目击途人，见其相貌？

衙　差：在场的目击者都听到，杀害证人的恶霸全都操广东口音，扬言要为伦文叙报仇！

赵士德：我明白啦，此事“一字咁浅”，定是伦文叙指使在京师广东同乡，杀害证人。事情真相，正是“单眼佬望老婆——一眼睇晒”啦！

伦文叙：哈哈哈哈……我说你是“阿茂整饼”，无那样整那样啊！（唱“木鱼”）

坦然临大审，岂畏六月霜？

所谓卅六人证，怎怕对簿公堂？

敢问人证姓甚名谁，可有记录在案？

他们营生何业，家住何方？

可够胆逐个言明，教大家当堂一看？

看他们与谁有瓜葛，可有人暗施伎俩在公堂？

赵士德：（恼羞成怒，唱“恨填胸”）

好胆量，好胆量，

敢说老夫施伎俩！

（另场）哎呀呀，

不可按部就班把话放，

要将他了结在当场！

（白）伦文叙，证人是你杀的！

伦文叙：无凭无据，你休想含血喷人！

赵士德：说我含血喷人？好胆！好胆！好胆！

［赵士德说罢，拿起案上一个重成斤的大墨砚，照准伦文叙头部打去。

［伦夫人挺身一挡，墨砚击在其头上，伦夫人即晕倒在地。

伦文叙：（大惊，抱起伦夫人）春花！春花！

赵士德：（见事态不妙，继续佯装大怒）嗯，这也是你们咎由自取，这案没法审了，我就禀告皇上，听候皇上发落！

［拂袖而去。

衙　差：周大人，这如何是好？

周　南：（唱"七字清"）

既未查明一悬案，

他犹为无罪状元郎。

昏睡夫人莫向天牢往，

免旁生枝节遭损伤。

事到如今，此番景况，

（唱"滚花"）

就让我禀告皇上，将伦家众人带回我家暂住，

待夫人醒后再开堂。

衙　差：这……妥当吗？

周　南：有何责任，周南定当独力承担！

［切光。

第五场

时　间：数日后，夜；

地　点：周南宅中后花园。

[二度幕前。

[好心人引石婶上。

好心人：（念“白榄”）

前面再行十丈路，

就见周南御史门前守门人。

石　婶：（接念）

我万里跋涉，把状元寻，

来到京师，他行踪确难问。

好在你不辞劳苦把路引，

真个要答谢你这好心人！

好心人：（接念）

难得在京城遇到乡里，

举手之劳又何须感恩？

何况那狗官人人都痛恨，

还望状元爷，惩治班衰人！

石　婶：啊？你说哪个狗官？什么衰人？

好心人：呃……没事……没事。前面就到御史府，我就不送了，大婶要小心啊！

石　婶：谢恩公！

[石婶与好心人分两边下场。

［幕启。

［伦夫人依然未醒，伦文叙让其依偎怀中，独对璀璨繁星。

伦文叙：（唱“南音”）星光未暖，寂夜寒心，

明月空照，孤悲人。

鸾凤和鸣空自等，

坦途突遇霜雪侵。

遥想豆蔻年华，你我同病相悯，

我是卖菜少年，你为婢女侍千金。

我们忙里偷闲，共观星阵，

穷有穷乐，一对小痴人。

忽逢文曲星，照前路，

一朝得志，衣锦满身。

（转“乙反南音”）

可叹状元孤身，对星阵，

恩深眷侣……

（转“乙反二黄”）离七魄，失三魂。

望长空，对天问，逐步星途，何所幸？

［秋菊、石秀与周南一同上场。

周　南：原来伦状元在花园里。

伦文叙：周大人。

秋　菊：多谢周大人引路！

石　秀：谢周大人！（对伦文叙）状元公，为什么半夜出来吹风啊？

伦文叙：满心烦闷，只求星月为我排解。

秋　菊：夫人有苏醒迹象吗？

［伦文叙失望摇头。

周　南：唉！（唱“长句二黄”）

数易医者仁心，

奇方都开尽，

可叹回天乏术，未得解救夫人。

怪我周南，难令状元脱险阵。

伦文叙：（接唱）

大人恩德，伦某铭记于心！

周　南：（接唱）犹记当日相交，我已敬君才品，

今我定必竭力，救你出火热，水深！

伦文叙：（唱“二黄”）

大人恩重如山，我定然，记紧！

周　南：（唱“滚花”）状元何须言重，本官责在于身。

我定必再访神医，助夫人脱病困！

伦文叙：伦某谢过周大人！

［家院报上。

家　院：大人！

周　南：什么事？

家　院：门外有岭南人士，深夜敲门，称可以粤地偏方施救，或许对广府人有用。

周　南：有这奇事？（怀疑介）事到如今，也只好一试，快请进来！

家　院：是！（下）

伦文叙：太好啦，夫人或许有救了！

［家院带石婶上。

石　秀：娘亲，原来是您！您怎会找到这里？

石　婶：你听我讲。（唱“三脚凳”）

那天你们被捉走，为娘忐忑不安神。

乡亲更担忧，将你们安危来探问。

我决意上京寻找，带上土制偏方随行。

若然身体有不适，亦有药丸来解病困。

来到京师方知晓，夫人堂上被打晕。

正好带偏方前来，望助她摆脱迷晕阵。

（接“滚花”）

药丸不妨一试，诚盼救得夫人！

伦文叙：好，快试！

［石婶喂伦夫人吃过药丹，伦夫人渐醒。

伦文叙：夫人！你醒啦！

伦夫人：相公！

［夫妻相拥而泣。

周　南：醒来就好了。伦夫人刚苏醒，不便多行动，就在此休息。这位大婶，请进大厅内用茶点。家人引路！

石　婶：谢大人！

［众人下，只剩伦文叙夫妇。

伦夫人：（唱“风萧萧”尾段）

梦醒更惊心，魄飞烟散命如殒！

伦文叙：（续唱）

情心涌翻滚，托星空将我血泪陈！

伦夫人：（浪白）啊，看这繁星点点，恰似我俩邂逅之时啊！

伦文叙：（浪白）是啊，那时我们虽是贫苦，但也两小无猜，自得其乐啊！

（唱“反线二黄”）

身贫未掩繁星璨，星璨燃情暖心间，

执手抛却云寒，苦艾终逢，情花荫；

当年文叙折桂前，春花含情赠盘缠，钱财虽轻薄，

情义，重千斤！

伦夫人：（接唱）

文曲本应照玉叶，鬼才附凤可攀龙，

状元守约回乡，实乃春花万幸。

（转“反线中板”）

蒲柳一朝附蟾宫，桂枝不弃恩情重，

幸得状元迎娶，可见一往情深！

伦文叙：（接唱）

听罢卿言，我愧莫禁。

以为光宗耀祖，与妻共偕连理，毋分衾。

（转“乙反中板”）

岂料得罪奸佞，在劫难逃，徒惹厄困。

倘若不恋状元梦，安心卖菜，矩步规行。

（转“滚花”）

你我做对贫贱夫妻也无憾，

悠然见南山，恰似流水行云！

伦夫人：你……你怎能说出此话？（唱“二黄尺字序”）

一番疯言，太胡混太不堪！

遥想往昔，我们求青天救黎民。

我以金银，赠您赶考，全信你公正心，

盼夫君，做得清官救万民，

打救落泊人，诚字记心坎！

（唱“爽二黄”）

你自问抚心，扪心自问！

当初状元梦，岂为飞黄腾达，傲视同群？

你拷问良心，良心拷问！

（唱“弹词”）

一旦夺魁首，因何要将正义伸？

若你袖手旁观，对石婶不闻不问，

今日河源百里，多少恶霸横行？

若你冷眼对苍生，漠视为官己任，

岂会沿路维公义，不顾明哲保身？

（转“二黄”）

一问再问，再问初心！

若君只图，光耀门楣，进爵加品，

又岂会得罪权贵恶霸，维护百姓黎民？

（唱“教子腔”）

奉劝郎念记，毋用惹遗憾，

得失嗟与恨，也不应泯初心！

（浪白）切记初心莫泯，莫泯初心！

［周南、石婶、石秀、秋菊上，看着伦氏夫妇，心感安慰。

伦文叙：（唱“排子头”）

夫人言辞胜万钧，直教痴人叩心坎！

（唱“京腔”）

巾帼声声言辞铿，

自愧须眉，竟畏身殒。

犹记初心……

伦夫人：（接唱）你坚如真金！

伦夫妇：（合唱）夫妻共勇敢，

肝胆互照星朗证丹心！

周　南：好！（唱“送君”）

星辉璨耀良辰，

共证初心不泯！

石　婶：（接唱）无忘父老殷殷语，

果真吉星托生！

石　秀：（接唱）福星照好人，

定解君闷困。

秋　菊：（接唱）情共永，心互印，

你哋实在胜天仙衬！

春　花：（含羞）你个秋菊，又胡说八道，还想我掌你嘴？

［众笑。

［家院报上。

家　院：老爷，圣旨到啊！

周　南：有圣旨到来，你们暂且到后宅回避。

［其他人走下，只剩周南与家院。

［圣旨官内场："圣旨下！"

周　南：出迎！

［圣旨官上场。

圣旨官：圣旨下——

周　南：万万岁！

圣旨官：周南听着！经国丈报与皇上大理寺一案，伦文叙买凶手杀害证人，还含血喷人，诬陷国丈，案情属实。勒令周南，把一干罪犯押回天牢，天明之时，押往法场，国丈亲自正法监斩，钦差谢旨！

周　南：万万岁！（接旨，交给家院）有劳大人，请到后堂歇息一叙。

圣旨官：免了也罢，皇命在身，就此告辞！

周　南：如此说，欢送。

［圣旨官落场。

［伦文叙等众人复上场。

伦文叙：周大人，圣旨到来，未知有何圣谕？

周　南：伦状元啊！可恨国丈，颠倒事端，把当日大理寺案，杀害人证之罪，全归于你，如今，要将你们押回天牢，明日问斩。

［静场。

伦文叙：天啊！（接快二流）

他颠倒黑白，公理何存，

我肉锤砧板中，满心愤恨。

周　南：（接唱）

正法无能，何来公义？

他骄横跋扈，我心急如焚！

伦文叙：（镇静，接唱）

事已至此，更该静思量，

待我静收，将计谂！

周　南：（接唱）

还望状元，仔细想。

设法解决，望逃生！

伦文叙：设法解决？（思考介，呢喃道）世上有好必有坏，有正必有邪，善恶到头终有报，若然不报，时辰未到。

周　南：这是佛经吗？

石　婶：佛？（跪地）祈求上天保佑，祈求观音菩萨大慈大悲，佛法无边，助状元脱险！

伦文叙：佛法无边？佛——大佛寺！法——广海法师！我记得啦！当日在广州城大佛寺，广海法师曾赠我锦囊，让我危急之时打开一看！

［伦文叙忙乱中不知锦囊放在何处，身上、行囊皆寻遍，终于找到。

伦文叙：找到了！

［其他人凑上前，也欲看，伦夫人拦阻。

伦夫人：且慢，广海法师有言，锦囊只能让他一人看，否则，就不灵验啦。

伦文叙：（另场，打开锦囊，取出一看，自语）罗成求救？我就仿效罗成，撕下战袍，咬破指头，写下血书！（撕袂咬指，修血书一封，交给周南，耳语几句）

周　南：（点头允诺）好，一定办到。

［传来鸡啼声，众人心急介。

周　南：听得鸡啼之声，原来快将天明！

伦文叙：事到如今，生死看天了！

周　南：伦状元，吉人自有天相。且让本官，送你出门吧。

［周南为伦文叙一众送行。

［内场合唱“旧苑梦帝魂”

难知劫祸与福音，

浮生跌宕纵难寻。

文曲星，脱俗儒林，

愿奋笔，痛斥奸莽普苍生！

唯将涕泪化曲音，

狂挥泼墨作赋韵。

示众当天，笔伐权臣，

若枉死，亦作碧血忠魂！

若枉死，亦作碧血忠魂！

［切光。

第六场

时　间：次日

地　点：京城街上

包藏攀：（向途人白）快来看，快来看！新科状元伦文叙，罪恶滔天，被押法场，游街示众，好快就到啦！

众途人：（不屑地）扯！

包藏攀：扯？你们不信？一阵看到他的狼狈样，看你们还扯不扯得出！（向众人喊）伦文叙一干罪犯，就快游街示众到这里啦！

［包藏攀让乐手奏起快乐的音乐，随乐而唱。

包藏攀：（唱“新对花”）

普天皆高兴，

恨仇旧怨今雪清，

鼓乐弦歌，庆祝太平！

一众街坊，睇定定！

睇下怎去将，奸恶惩！

（向众人）你们快来看，快来看！（衣边进场）

［内场，伦文叙唱文锣鼓“首板”。

何惧鼠辈狐群，法场直闯！

［伦文叙上场。

［官兵打伦文叙，伦文叙挣扎，被官兵押住。

伦文伦：（唱“包锤滚花”）

光明磊落，正气传扬！

为民申冤，责在肩上！

［官兵围住伦文叙，伦文叙逼官兵。

（唱“回龙腔二黄”）

铜镣铁锁里，凡夫抵抗，傲立兵群，不屈对望。

看我诗情万丈，看我火眼一双！

疾苦炎凉，尘世风雨，我泼墨挥毫，去辨黑白忠良，还是奸党！

（唱“二黄”）

楹联巧对，笔寄沧桑，

诗赋尽书，不平世状，

慢词歌阕，吟遍春暖秋寒。

冷眼横眉，怒对奸莽，

圣贤古训，永世毋忘。

（催快）

忠奸誓辨明，岂畏惊涛骇浪？

一身正气，何惧暗箭寒光？

诉尽不平，解众生孽障，

懒理声名落索，性命难安！

天生我才，直书苍生万象！

挥斥方遒，把正义伸张！（句）

（唱“萧萧班马鸣”尾段）

纵途穷纵沦亡，

难息心气旺。

记义行记乱象，

正气之声铿锵。

洒铁血身殒丧，

功德无量。

纵尸骨凛鞭笞，

民心我所向。

无边落木，翻滚大江。

凭心志，改气象。

乾坤斗转星移，

见苍天旭日照天清朗！

[伦夫人、秋菊、石秀被监斩官推上，扑向伦文叙。

伦夫人：（唱“哭相思”）

情共爱，难续唱，

无奈要赴刑场。

斥奸莽，仇怨满腔！

伦文叙：（为伦夫人拭泪）夫人，别哭了。不能与卿同生，但能与卿同死，我也于愿足矣。（对众人）正义在人心，虽死犹生！

[内场，石婶叫：“状元爷啊！”

[石婶上场，见众人带锁，很难过。

石　婶：哎呀，看您凄凉境况，我也实在心伤。苍天无眼，好人不得好报啊！

伦文叙：石婶，您不必难过。死有重于泰山，有轻于鸿毛，我们为正义而死，重于泰山，激励人心！

石　秀：（对石婶）娘亲，儿子未能尽孝，侍奉母亲了。

石　婶：好孩儿，别说了！你今天能与这万民救星一同就义，是几生修来的福啊！伦状元爷，请受民妇一拜！（跪）

石　秀：伦状元，能跟您走这一程，确是我们的福分！（跪）

秋　菊：夫人，我的春花姐姐！您没选错夫君啊！（跪）

伦夫人：对，能与夫郎共赴黄泉，我死也眼闭。惟是连累了我的好妹妹，我心中抱歉啊！秋菊啊！（唱“中板”）

如今你我名为主仆，实乃金兰，荣辱共证。

当初你我同为奴婢，结义金兰，姊妹深情；

我曾为妹承诺，他日妹出嫁成亲，我就为长姐受聘！

（转“乙反中板”）

未料如今，你年方少艾，被我连累，孤身受刑。

秋　菊：（接唱）姐您莫说我，孤身只影，

能与姐您，同入火海，秋菊做鬼，也安宁。

石　秀：（接唱）

看这姊妹情深，我也心悬不定。

秋　菊：（接唱）且听他未能尽孝，自责连声。

可叹我命殒芳华，他也是年轻丧命。

（转“滚花”）

若不相嫌，你可愿与我结伴，去到见阎罗也免得孤清。

石　婶：好啊好啊。

[石秀立即挽秋菊之手，向石婶三叩拜。

[包藏攀上场，见状。

包藏攀：你们有没有搞错？竟把法场变喜堂？（走到伦文叙面前）伦大才子，你还认得我吗？

伦文叙：（一看）原来是你！

包藏攀：你认得我？

伦文叙：化了灰我都认得，你是“屎坑蚊”嘛。

包藏攀：什么“屎坑蚊”？

伦文叙：又臭又恶啰，“包撞板”！

包藏攀：（怒）你……哼！伦文叙！（唱“十字清”）

当年你，恃才傲物，故作精英！

伦文叙：（接唱）你诗拙劣，反说我，败人诗兴。

包藏攀：（接唱）断我财路，直教我，欲进不成。

伦文叙：（唱“滚花”）

你杀害旧主，我及时出手，才免你谋财害命！

包藏攀：（唱“襟上一枝花”）

如今你已临幽冥，

强装桀骜唔识性！

人人嚟到睇你行刑，

我快乐忘形！

今有国丈公保我事成，

我唔惊跟你来拼！

伦文叙：国丈公保你事成？我明白啦，你就是赵士德背后的“扭计师爷”！你们是“一窝蛇鼠一锅粥——搅屎棍”！

包藏攀：“搅屎棍”又如何？我就要敲锣打鼓，让大家看你这“文痞”示众！（向鼓乐队）人来，奏乐，恭迎朝廷钦犯伦文叙！

［鼓乐喧天，包藏攀得意忘形。

［赵士德冲上。

赵士德：（对包藏攀）你到底搞什么鬼？简直是“无鸡蒸四两——冇嗰样整嗰样”！

包藏攀：不是啊赵大人！我是有鸡才蒸四两！如果就这样正法，便宜了他！伦文叙已名声满京城，过去诗赋文才与审案功绩，都已成佳话，若就这样除其性命，恐日后也遭人话柄。我就要借此游街示众之机，唱得他“臭过咸鱼，衰过老鼠”，让百姓知道，将伦文叙斩除，实乃贤明之举。

赵士德：说得有理。

监斩官：赵大人，这样敲锣打鼓，是否有违刑法？

赵士德：刚才包师爷说的，你也听到。毋用多讲，奏乐！

［再次奏乐。

包藏攀：（向内喊）各位街坊，乡亲父老，快来看，快来看！新科状元成罪犯，伦文叙被押，游街示众，快来看啦！

［众百姓两边奔上场，怀疑介。

［包藏攀得意扬扬，推波助澜介。

石　秀：（唱“摇板”）伦状元一身正气，磊落光明；

秋　菊：（接唱）此际枉遭，奚落诟病！

伦夫人：（接唱）心怜夫婿，屈辱难清。

伦文叙：（接唱）待我借他戏台，演出好戏赠百姓！（扮出一副疯癫相，唱“醉头陀”，边唱边“耍帅”）

遭刑罚，我一身轻，
危难当前应尽兴。（过序）
临刑不需问究竟，
横掂收场都成定。（过序）
我今天，够驰名，
满座来宾睇我行刑！（过序）
够开心，好心情，
我系才子，死也特别“型”！（过序）
死前都要，做“骚”博盛名！

（大笑）哈哈哈哈……

包藏攀：伦文叙，你是不是傻了？

伦文叙：我没有傻！（装出一脸愧疚）包大哥，经你如此提点，我真是知错啦！

包藏攀：（难以置信）你……你真的知错？哈哈，大家听着，听下他有什么错！

伦文叙：（唱“士工慢板”）

错在不识时务，不知好歹，孤傲高清。

错在不合时宜，不识抬举，拒人情，遭话柄。

错上加错，得罪包大爷，多番扭拧。

（唱“滚花”）

但求赐我笔墨纸砚，向你写下悔过书，

教沿路诸君来证明！

包藏攀：（大悦）总算你醒目一次。（回头对赵士德）国丈，是不是我的妙计有用啊。给不给笔墨他啊？

赵士德：可以！人来，给他笔墨纸砚！

［差役拿出笔墨纸砚，在伦文叙夫妇面前铺开。

［石秀与秋菊在两边把纸铺平，伦夫人为其磨墨，伦文叙提笔疾书，一气呵成，写成一联后，又再写四字，交予伦夫人，伦夫人一看，明了点头。

［石秀与秋菊把纸展开诗联。

包藏攀：（读）“一心每惧朱颜老，两耳余音乍言明。”诗句倒是清丽，不过看不出有何愧疚之意哦。

伦文叙：愧疚之情，藏于字里行间，我一说你便明白。不过，你真想听？

包藏攀：当然想听，而且你还要大大声，说给这里所有街坊听！

伦文叙：好，那大家就听好啦！“心”“每”合成便是“悔”！

［伦文叙指点联中“心”“每”二字，伦夫人随即展开手中“悔”字。

伦文叙：“朱”颜老去秃成“未”！

“伦文叙指点联中“朱”字一撇，伦夫人随即展开手中“未”字。

［赵士德、包藏攀均摇头。

伦文叙：“耳”“余”共处恰为“除”，“乍”“言”一身又成“诈”！

［伦文叙指点联中“耳”“余”“言”“乍”四字，伦夫人随即展开手中“除”“诈”二字。

伦文叙：请赵大人，包大哥一看！

赵士德：（变了面色）这……这……这就是说………（恼羞成怒介）

［众人大呼：“悔未除诈”啊！说得好！

［继而众人大笑。

赵士德：（念“口鼓”）

你一派胡言，扰乱纲政！

百　姓：（接念）他惩奸儆恶，掷地有声！

赵士德：（接念）你傲物恃才，敢违圣命！

百　姓：（接念）他不畏权贵，为民逞英！

赵士德：（发怒）混账！（唱“快中板”）

敢把我来当笑柄？

伦贼气焰确不轻。

我怒火满腔心火盛！

立即处决就地行刑！

伦文叙，你扰乱法场！人来，立即就地正法，斩首示众！

［众官兵逼近伦文叙等人。

［众百姓与官兵对抗。百姓中的勇武之人与官兵开打，其中包括带石婶到周南府的好心人。最后官兵无法行刑。

赵士德：你们作反啊？

［内场：成亲王驾到！

［成亲王及一众人马随声而上。

［众人停手，听候指示。

伦文叙：（惊喜）拜见成亲王！

赵士德：（失神）拜见成亲王！我奉皇上之命，监斩伦文叙，何等重要！千岁爷乃皇家贵室，岂可横加干涉？

成亲王：圣上左思右想，觉得此案还是疑点重重，特派本王，再度查明！

赵士德：伦文叙为求自保，杀害卅六人证，证据确凿，敢问疑点何在？

成亲王：此乃是你一面之词，你说卅六人证乃伦文叙所杀，又有何证据？大理寺当日，所谓卅六人证皆未到场指证，又何以定罪？

赵士德：敢问千岁，若说伦文叙清白，又有何凭证？

成亲王：凭证？哈哈哈……有。那所谓卅六人证，尚有一人，幸免于难！

赵士德：（惊）啊？

成亲王：阿茂，上前！

［带石婶到周南府的好心人上前。

好心人：千岁爷！

成亲王：你是怎样成为“人证”，之后又有何遭遇，现在，就向大家讲清楚！

好心人：遵命！（白榄）

我本是外乡人来到京城，
用尽盘缠陷入困境。
突遇包师爷，告知好差事，
叫我大理寺上，把伦状元来指证。
说他以公谋私害百姓，
话他滥杀无辜谋财害命。
一旦告得成，
十两黄金我就袋稳定。
诬告之语写在纸上，
叫我们逐句去讲明。
我一时就觉财迷心窍，
将这无理差事马上应承！
晨早出发去大理寺，
同行共有卅六“人证”。
突然冒出一群人，

自称是伦文叙派来要我们性命。
同伴个个遭毒手，
声声苦叫惨不堪听。
好在我在武馆练过两道散手，
逃过一劫拾回性命。
看穿包师爷狼子野心，
誓要帮助伦状元虎口救命！
幸得成亲王助我行事，
暗送石婶与子相认。
且看包师爷诬告罪状，
来龙去脉自分明！

［把罪状纸向众百姓展示，最后交给成亲王。

成亲王：赵士德，这分明是你笔迹，证据确凿！你这老奸贼，恃着献女为妃，玩弄朝政，暗中横行，残杀忠良。眼见大明江山快断送于你这小人手上，我出来伸张正义，打抱不平，营救伦文叙，为天地留英才，为国家存元气。你若再敢拦阻，我以此尚方宝剑，将你严惩。（拔出尚方宝剑）

［众人喝彩。

赵士德：千岁爷息怒。这一切……（一指包藏攀）都是受这猪头炳唆摆！

包藏攀：我我……

赵士德：还我什么我？撞板多过吃饭！

百　姓：正所谓“不怕生坏命，最怕改坏名”，你果然是“包撞板”。

［众笑。

赵士德：王爷，我实为奉皇上之命行事！

成亲王：你唆使赵贵妃，灌醉圣上，引他醉中写下无理圣旨，这算什么奉命行事？本王才是奉皇上之命行事啊。皇上派本王来查明真相，现在真相经已查明。伦文叙无故被收监天牢，险被毒害，幸得机智应对，一脱虎口；大理寺上，险被砚掷头颅，夫人舍身救夫，幸得化险为夷，二脱虎口；今朝被押刑场，险被无理用刑，最终真相大白，三脱虎口。现已查明，伦文叙实为冤枉，立即官复原职。

赵士德：臣幸得今日知道真相，以后定当与伦状元一道，公正为官，为百姓造福！

成亲王：哼！

［赵士德、包藏攀吓得退避。

赵士德：既然有千岁爷主持公道，在下告辞了！（狼狈而逃）

包藏攀：（惊得脚震）今次真是“陆云廷睇相——唔衰攞嚟衰”！王爷，我也告告告告……（吓得痰上颈，昏倒在地，由人带下）

成亲王：人来，解开镣铐，正其衣冠！

［差役即解开伦文叙镣铐，取官服乌纱等给伦文叙夫妇穿戴。

伦夫人：相公，因何今得皇叔相助，教我们绝处逢生？

伦文叙：皆因广海法师给我的锦囊，真的有用啊！

伦夫人：哦，是那锦囊？

伦文叙：对，当日我打开一看，只见上书“不须怨，不须愁，塞翁失马，焉知非福。山重水复疑无路，柳暗花明有皇叔”所以，当日，修成血书，托周御史带给皇叔。本来只想搏一把，结果，真得皇叔营救！千岁爷，请受小人一拜！

［一众随伦文叙拜谢成亲王。

成亲王：平身！伦状元不必多礼。我为的不是你一人，我图的，是为江山社稷，留一个德才兼备的好官！

［众百姓喝彩。

成亲王：伦状元，你在京师状元府，已准备妥当，我们就一同前往吧！

伦文叙：谢千岁！

［喜庆乐声起，在百姓簇拥下，伦文叙等人，启程往状元府。

［幕后唱“送子”：

传奇万世唱咏，

朗日悬空风气净，
初心常于心中记，
清朗瑞气庆升平。
颂唱福荫丹心证！

[剧终。

（本剧获佛山市2019年原创文艺作品扶持，顺德艳阳天粤剧团排演）

作者简介

苏隽，佛山市艺术创作院院聘编剧，佛山市文化馆副馆长，群文副研究馆员，中国戏剧文学学会会员，广东省戏剧家协会会员，广东省曲艺家协会理事，长期从事戏曲及话剧的编剧及指导工作，其粤剧作品《秦钟》《疯娘》获中国戏剧文学奖剧本奖，小剧场话剧作品《春班令》于2014年在广佛地区巡演九场，大型粤剧《大国灯匠》2018年由佛山粤剧院出品。

附录：粤语—普通话对照

第一场

佢：他

不死都一身潺：不死也脱层皮

屈到脚趾：扭伤脚趾

侧侧膊，唔多觉：原意为得过且过、马虎了事；这里指故作平常，不想让人觉察。

第二场

唔：不

买棺材唔知订：太岁头上动土

一于：决计

砣砣另：晕头转向

架势：厉害

嗰个：那个

仲：又、还

一铺清：一次清盘

茅招：阴损的招数

第三场

睇：看

点：怎么，如何

知就好：知道就好

食完先：先吃完

鸡髀：鸡腿

知啦：知道啦

横又死掂又死：横竖都是一死

第四场

即管：尽管

若果：如果

一于：决计

等阵你还笑不笑得出：看你还能得意多久

一字咁浅：非常简单明了

一眼睇晒：一览无遗

无那样整那样啊：无事生非

第五场

惩治班衰人：惩治这班坏人

扯：又作“啤”，语气助词，表示不屑

睇定定：认真看

横掂：横竖，反正

特别型：特别有型

做“骚”：做Show

扭拧：折腾

第六场

嚟到：来到

唔惊：不怕

唔衰攞嚟衰：自找苦吃

音乐剧

YINYUEJU

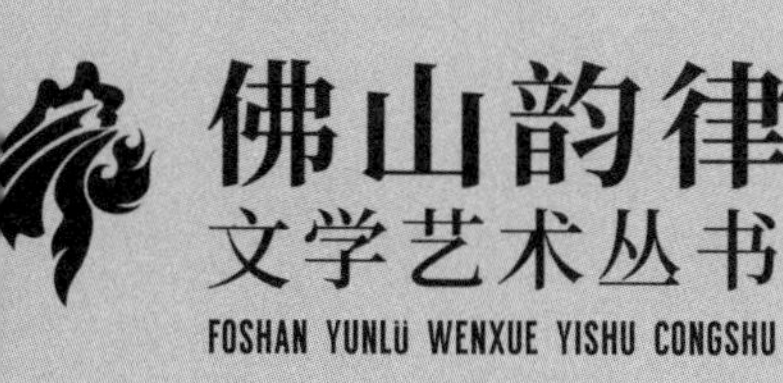

天边的云裳

王 薇 王秋月

主要人物：

锦 帆：23岁左右，梁永发之子，某大学毕业新生。聪明能干，眼界开阔，有学识有主见。受出生香云纱世家的父母影响，自幼对香云纱有深厚的感情，一心想染出彩色的纱纪念早逝的母亲。

嘉 琪：22岁，泼辣坚强，有闯劲。与梁锦帆青梅竹马并深爱着他。因父亲在她小时就离家外出，她一直跟独自支撑香云纱晒场的母亲相依为命。

梁永发：50岁左右，锦帆之父。踏实，固执，不善言辞。出生于远近闻名的香云纱世家，是当地水平最高的香云纱整染师傅。

陈 生：45岁左右，早年在梁家做染整师父，梁家晒场关闭后，去李家做当家师傅。性格耿直，心地善良，典型的手艺人。

李 母：45岁左右，名叫招娣，李嘉琪的母亲。善良，贤惠，有担当。

宝 仪：23岁左右，富家女，锦帆的大学同学，家里开有大型服装厂。漂亮热情，直率精明，曾追求过锦帆。

李志华：50岁左右，自私胆小。跟梁永发是义兄弟。村里兴起办私人晒莨场后，他在梁永发的资助下开起了自己的晒莨场，但规模和名气远不如梁家。

卡 尔：瑞典人，热爱中国文化，25岁左右。

莎 莎：瑞典人，热爱中国文化。25岁左右。

歌曲列表

M01　合唱《鱼灯行船，佳节如期》

M02　对唱《重逢》

M03　合唱《佳节如期》

M04　对唱《争执》

M05　独唱《往事》

M06　三重唱 《昨日》

M07　独唱《不舍》

M08　独唱《妈妈的歌》

M09　独唱《还有谁能欣赏它的美》

M10　独唱《伤害》

M11　独唱《未来》

M12　二重唱《遇见》

M13　合唱《工厂音乐》

M14　独唱《后悔》

M15　二重唱《争吵》

M16　独唱《妈妈的歌》

M17　合唱《深深的河》

M18　独唱《神奇的云裳》

M19　合唱《晒莨歌》

M20　独唱《天人合一》

M21　独唱《对不起》

M22　独唱《如何原谅》

M23　合唱《传承》

序　幕：渡　口

［2005年元宵节。

［幕起，迟暮到入夜。能看到一条细波如鳞的小河蜿蜒，由远至近。

［随鱼灯与行船，河两岸星星点点的光陆续亮起。

［河岸上，人们举着鱼灯穿行，有的在叫卖，有的在游玩，有的跳着鱼灯舞。

［嘉琪和几个小伙伴拿着鱼灯乘船而来。小伙伴们兴致勃勃地四处看着，嘉琪却心事重重地在岸边的人群中寻找。小伙伴们看到兴起拉她，被她不耐烦地甩开。

［M01合唱《鱼灯行船，佳节如期》

正月十五月儿明
河水弯弯九州行
风调雨顺舞鱼灯
鱼儿天上飞　人儿水中行

夜行之歌舞不停
天水合一好风景
薄纱鱼龙点光明
求平平安安　求子添丁

花好月圆人相聚
家家户户好心情
合家欢乐东方梦
心愿在心中　思念在夜空

［小船在岸边停下，小伙伴们和嘉琪上岸。小伙伴们拉嘉琪同行，嘉琪拒绝，独自留在岸边继续寻找。

［有人从背后拍嘉琪，嘉琪惊喜转身，看到突然出现的锦帆开心大叫

嘉　琪：矮仔帆！

锦　帆：黑妹琪！

［两人相视而笑。

嘉　琪：锦帆！你回来了？

锦　帆：回来了。

［两人对视，缓缓沿河岸行走。

［M02 对唱《重逢》

嘉　琪：　渔船灯火　佳节如期

越来越远心中距离　无能为力

人来人往　你在哪里

是不是要远离　忘了归期

锦　帆：　青梅竹马　从小约定

热闹街景一如往昔　一如往昔

回到这里　心有一念见到你

嘉琪、锦帆：回到家乡　再不分离紧相依

［嘉琪笑着指岸边的石头。

嘉　琪：锦帆，还记得那块石头吗？

锦　帆：石头？

嘉　琪：你忘了，小的时候你老是和我抢那块石头坐，还把我挤下去过呢！来，手给我！

［嘉琪伸手，锦帆迟疑片刻，伸手拉住。嘉琪笑着一把将锦帆拉过去，两人在石头上坐下。嘉琪故意把锦帆挤下石头。

锦　帆：好呀，你报复我！

［嘉琪笑，伸手去拉锦帆。

嘉　琪：起来吧。

锦　帆：我还是自己来吧。

［锦帆站起来在石头上坐下。

锦　帆：总算回来了。这次回来我就不走了。

嘉　琪：真的？不走了？

锦　帆：嗯，这次回来我要做香云纱。

嘉　琪：你不怕你爸反对？

锦　帆：我想了很久，已经决定了。嘉琪，你得支持我。

嘉　琪：我，我……

锦　帆：你倒是说句话呀，急死我了！

［嘉琪还在犹豫。

锦　帆：你到底支不支持我？

［嘉琪笑着从包里掏出一块伦教糕。

嘉　琪：你看，这是什么？

锦　帆：伦教糕！

［锦帆咬了一口，拉嘉琪坐下。

嘉　琪：好吃吗？

锦　帆：还是小时候那个味道。

［两人亲热地分吃伦教糕。

［M03 合唱《佳节如期》

鱼龙灯火　佳节如期

上祈天意　下护苍生

随波流转　四季不停

踏过昨天　继续前行

鱼龙灯火　佳节如期
上祈天意　下护苍生
随波流转　四季不停
踏过昨天　继续前行

第一幕：梁家

［梁家简洁而整齐，角落的位置摆放着梁母遗像。遗像前供奉着时令鲜花和水果。

［饭桌上摆着一盘菜，梁永发拄着拐棍，端着一碗饭走到桌旁坐下吃了起来。

［锦帆上场。

锦　帆：爸，我回来了！

［梁永发愣了一下，激动地站起来。

梁永发：锦帆！你回来了？还没吃饭吧？你等一下，我再去给你弄点菜！

［锦帆走到饭桌前放下背包

锦　帆：不用了爸，我就爱吃你做的韭菜炒河虾。

梁永发：别别别，我再去给你炒几个菜。

锦　帆：别忙了爸，我就爱吃这个。

［锦帆端起梁永发吃了几口的饭狼吞虎咽吃起来。

梁永发：慢点吃！怎么搞得像几天没吃饭一样！

锦　帆：好吃！还是爸做的饭好吃！爸，这次回来，有件事想跟你说。

梁永发：什么事？

［锦帆扒了两口饭，犹豫了一下，突然想起什么。

锦　帆：爸，你等一下，你看这个！

［锦帆放下碗筷，打开背包，从里面取出一个用香云纱包布裹着的东西打开，里面是一个奖杯。

锦　帆：爸，我的毕业设计得了全国大奖！

［梁永发激动地站起来，连连摆手。

梁永发：全国大奖！好啊，好！快快快，拿去给你妈妈看看！

锦　帆：好！

［锦帆跪倒在遗像前，将奖杯放到案上。

锦　帆：妈！我回来了！我用香云纱做的毕业设计，得了全国大奖！妈，我这次回来就不走了，我想留下来做香云纱！

［梁永发的笑容僵在脸上，冷喝道。

梁永发：你说什么？

［锦帆起身走过来，坚决地。

锦　帆：爸，我想留下来做香云纱。

梁永发：我不许！（起音乐）

［锦帆有些反感。

锦　帆：为什么！

梁永发：我早就说过，只要我还有一口气，这个家就永远不许提那三个字！

［梁锦帆失望。

锦　帆：我已经决定了，只是告诉你一声！

［梁永发怒喝。

梁永发：我不许！

［M04 对唱《争执》

锦　帆：　　你不许　你不许

你从来就只有这一句

我早已听厌这一句

我早就感到无所谓

梁永发：　　我不许　我不许

　　　　　　你是否想过为什么

　　　　　　我养你这么大

　　　　　　你难道不知什么是我心里最痛

锦　帆：你心里害怕那不会说话的香云纱。

梁永发：胡说八道，你根本就不明白！

锦　帆：我不明白？香云纱是你的伤痛，对我来说，是妈妈的记忆和味道！你不能因为你的伤痛来干涉我的人生！

梁永发：为什么我这么做你心里不明白，我是想让你不要重蹈我覆辙。

锦　帆：那你也不能用这种方式来对我，我现在只想离开这个家！

梁永发：你走，你走！

［梁锦帆二话不说拎起背包摔门而去。

梁永发：滚！你走了就永远别回来！

［梁永发沮丧地跌坐在椅子上。

第二幕：祠堂前小河边

［锦帆躺在废报纸上睡觉。

［一个大妈哼着广场舞曲走过来，看到地上的黑影吓了一跳，先是用脚踢了一下，看到锦帆动了吓了一跳。

大　妈：小伙子，三更半夜的你怎么睡在这里？起来！起来！

［锦帆急忙起身。

大　妈：这是什么地方，你怎么能在这睡！小伙子，你知道吗，这是祠堂，重点文物保护单位，晚上要清场的。赶紧收拾收拾走吧。

锦　帆：哦。

［大妈见锦帆不动，着急地

大　妈：你怎么还不走啊？我说小伙子，你要有困难就去找村委会、派出所，实在没地方还能去收容站，不能在这睡，听到没?走！

［锦帆无奈收报纸，大妈满意离开。

［嘉琪匆匆上场。

嘉　琪：锦帆，你怎么在这！

［大妈回头，八卦地。

大　妈：哟！原来是小两口吵架！

［大妈热心地拉住锦帆。

大　妈：小伙子，大妈得说说你。知道今天是什么日子吗？正月十五，中国的情人节！俗话说小夫妻床头吵架床尾和，再怎么吵你也不能离家出走知道吗！

［大妈又转身拉住嘉琪。

大　妈：姑娘，大妈也得说你两句。有什么在家好好说，可不能动不动把人往外赶！

［锦帆和嘉琪害羞，尴尬。

锦　帆：大妈，没有的事。谢谢你，时候不早了，您赶紧回家过节吧！

嘉　琪：让你费心了！

［大妈边走边唠叨。

大　妈：大妈也祝你们幸福！回去好好过日子，别吵架！

锦　帆：你看这个大妈……

嘉　琪：是不是又跟你爸吵架，让他赶出来了？

锦　帆：才不是，我自己走的！

嘉　琪：你也是。四年没回来了，一回来就跟你爸吵。你又跟他提香云纱了吧？怎么说你们也是两父子，我看你还是先回去吧。

锦　帆：不回！他把话说那么绝，我还回去干吗？真不知道他怎么想的！

嘉　琪：为你想的呗。

锦　帆：为我想？我看是他一朝被蛇咬，十年怕井绳！

嘉　琪：怕？他才不怕呢！想当年,他可是十里八村最好的香云纱师傅，改革开放以后也是村里第一个开私人晒莨场的！要不是，要不是因为那件事……

锦　帆：别说了！我最瞧不上他这点！要真是个男人，在哪摔倒就该在哪站起来！

嘉　琪：说得轻巧！

［M05 独唱《往事》

嘉　琪：　那是一段伤心的往事
　　多少人不愿再提起

锦　帆：　你我的父亲
　　往日里亲如兄弟

嘉　琪：　他们一起晒纱染纱
　　父亲却鬼迷心窍闯下祸

锦　帆：　他惊慌害怕　他逃离了家
　　留下我父亲一人承担

嘉　琪：　哪知屋漏又逢连夜雨
　　一场突如其来的大火
　　又烧光了你的家
　　还有你的妈妈

锦　帆：烧光了我的家还有我的妈妈

［嘉琪拉起锦帆的手。

嘉　琪：一下发生这么多事，你爸没崩溃已经够坚强了。你就多体谅一下他吧。

锦　帆：我体谅他，他体谅过我吗？他也不想想，梁家的祖业传了一百多年，要真断在他手上，他以后还有脸去见我阿爷阿嫲和梁家的列祖列宗吗？我这是在替他光宗耀祖！

嘉　琪：你都还没开始就先别说大话了，行吗！

锦　帆：这可不是大话！你过来我跟你说。

［锦帆拉嘉琪坐下。

锦　帆：我这次回来不光要做香云纱，而且还要做彩色的香云纱！

嘉　琪：彩色的？你开什么玩笑，自古以来香云纱就只有两个颜色，黑色、棕色！

［锦帆从背包里掏出一份策划书递给她。

锦　帆：你看这是什么？

嘉　琪：策划书？

锦　帆：没错！这就是我这次回来下定决心要做的改革！香云纱的传统整染工艺存在很多问题……

嘉　琪：一说起香云纱你就滔滔不绝没完没了！你这说得热血沸腾，我这还……

［嘉琪打喷嚏，锦帆急忙脱下外套给她披上。

锦　帆：对不起，还冷吗？

嘉　琪：冷。

［嘉琪顺势靠在锦帆怀里，锦帆紧紧搂住她。

［李母匆匆上场，看到嘉琪跟一个男人搂在一起，冲过来拉开两人。

李　母：干吗呢？放开，放开！

［锦帆急忙转身，李母拉着嘉琪走到一旁。

李　母：死丫头，平日怎么问你都说没拍拖，让相亲也不去！大过节的饭都不吃就跑出来偷偷约会！我倒要看看是谁家的小伙把你迷成这样！

［李母跑过去拉住锦帆。

李　母：小伙子，你好！来，转过来，让阿姨看看……

［锦帆尴尬地转身。

锦　帆：阿姨……

［李母抽气，生气地转身拉起嘉琪就走。

李　母：走，马上给我回家！

［锦帆追过来劝说。

锦　帆：阿姨，你别生气！

［李母假笑。

李　母：你这话说的，我生气了吗？

［嘉琪乘机甩开李母，走过去紧紧搂住锦帆。

嘉　琪：妈，你不生气呀，那我正式给你介绍一下，他就是我男朋友！

［李母气得几乎晕倒，嘉琪和锦帆冲过来一边一个扶住她。

嘉　琪：妈，你怎么了？你不是不生气的吗？

锦　帆：阿姨！

［李母叹息着推开锦帆。

李　母：唉，你俩怎么就不明白，有些事能过去，有些事它过不去！

［M06 三重唱《昨日》

李　母：　时光匆匆　无法带走那一切

不曾愈合的伤痕　从来没有消失

你们不愿想起　我也无法弥补

相见不如不见　心痛

李嘉琪：　你每一句话　留着过去的回忆

我知道你的担心　但我已经决定

与他从小的约定　我从不曾忘记

把一切交给命运　我愿意

锦　帆：　只有勇敢向前　才能迎接明天

别让眼泪再落下　泛起涟漪

天地证明初心　永不更改

只愿永远相互陪伴　永不伤害

嘉　琪：锦帆！

锦　帆：嘉琪！

李　母：孩子，你们真的不能在一起，不能啊……

嘉　琪：妈，为什么？

［续三重唱《昨日》

锦　嘉：时光不停留　我们已经长大

李　母：时光不停留　我们已经老去

锦　嘉：让心中的爱　抚平内心伤痛

李　母：我心中有爱　难以抚平伤痛

锦　嘉：天地证明初心　永不更改

李　母：天地沧海桑田　一切改变

锦　嘉：星光指引　我们要变得更勇敢

李　母：星光如此暗淡　我看不到明天

［李母狠心拉起嘉琪。

李　母：总之，你俩不能拍拖！走，跟妈回家！

嘉　琪：我不回！

李　母：你！

［陈生拉梁永发上场。

陈　生：永哥，你快点，快点！

梁永发：别管他，他要走就让他走！

陈　生：永哥，不是我说你，孩子四年没回来，一回来你就把他赶走了，万一出点事怎么办?

梁永发：他这么大人能出什么事?

陈　生：行了永哥！这么多年了我还不了解你，你就是刀子嘴豆腐心！你放心吧，锦帆不会跑远。他小时候一有心事就来这，我再去找找……

［梁永发不说话。陈生四处寻找看到石块上的衣服，捡起来递给梁永发。

陈　生：永哥你看，这是锦帆的衣服吧?（起音乐）

［梁永发抓过衣服，担心地

梁永发：是他的！衣服在，人呢?人去哪了?

陈　生：永哥，别着急。你在这等着，我去找。

［陈生下。

［M07 独唱《不舍》

梁永发：
虽然从小就看着他
这关系说远就远了
纵有心中千言万语
却总是无法去表达

在眼前却像在天涯
这种感觉让我害怕
从未想过你会离开
只剩下心痛和牵挂

梁永发：锦帆，锦帆!

真的不想让你离开家
我总是会突然间害怕
越来越觉得自己累了
其实你才让我放不下
你离开家我时刻牵挂

你要留下撑起这个家

第三幕：李家晒莨场

[女子群舞，香云纱工序舞。2分30秒至3分。

[锦帆手里拿着包布，四处走走看看，沉浸在回忆中。

[M08 独唱《妈妈的歌》

锦　帆：　　白色的纱　有个长长的梦

在水中起舞　泥中沉睡

岁月会改变　一切模样

最美的云霞　将落在你身上

妈妈说过的话　无法遗忘

告诉我要执着坚强

泥土自古芳香　云是衣裳

假若心中有梦会为你歌唱

千百个人有千百种模样

每条路都通向不同地方

遵循着自然带来的变化

种下的奇迹在悄悄发芽

锦　帆：妈妈，就像你说的那样，天上的云彩落下来变成了香云纱。

妈妈说过的话无法遗忘

告诉我要执着歌唱

每个人的家乡　所有的故事

都是天地留下的智慧
泥土自古芳香　云是衣裳
假若心中有梦会为你歌唱
万物会为你歌唱

［锦帆坐下抚摸包布沉思。陈生进来，看到他生气地喊。

陈　生：锦帆！

［锦帆下意识地捂耳朵。

陈　生：把手放下！

［陈生走过去揪住锦帆的耳朵。

陈　生：你个臭小子，跑这来了？！我们找了你一晚上！你说说你，四年不回家，一回家就跟你爸吵，还离家出走，你翅膀硬了能飞了是吧？我打死你……

［陈生气地伸手打锦帆，锦帆用包布挡。陈生看到包布停下，口气一转。

陈　生：又想你妈了？这块布你一直带着？真是奇了怪了，你从小没她就睡不了觉！

锦　帆：是啊陈叔，我从小没这块布就睡不踏实。陈叔，看到这些，我就想起小时候跟着妈妈在晒莨场玩的情形……

陈　生：那时你还小，整天待在晒莨场。我们干活，你就光着小屁股跟在我们后面有模有样照着做，认真得不得了。你做香云纱，是因为你妈妈吧？

锦　帆：我妈只是一方面。

陈　生：锦帆，你大学毕业了，可以去外面找更好的工作，干什么非要回来做纱？现在的香云纱已经不像以前那么景气了！

锦　帆：就是因为不景气，才得有人撑啊！老祖宗传了几百年的东西，不能断在我们这代人手上。

陈　生：你有这个心当然好，但香云纱最好的时候已经过了。你看看这些年布料花样多的，什么的卡、涤纶、的确良，双绉、重绉、顺纡皱；雪纺、棉纺、电力纺；丝绒、平绒、灯芯绒，一天一个样！香云纱早成老古董没人穿了。

锦　帆：陈叔，话虽这么说。可我永远记得，以前一到晒莨的时候，村里到处都是香云纱。就像妈妈说的，天上的云彩落了下来，变成了香云纱……

陈　叔：是啊，天上的云彩落了下来，就变成了香云纱。

［M09 独唱《还有谁能欣赏它的美》

陈　生：
还有谁能欣赏它的美
像风中飘零太久的花蕊
是否还能再次绽放
盛开出往日的光辉

还有谁认为它多珍贵
像走丢的孩子在街头徘徊
它渴望挂进你的衣柜
它渴望贴近你的心扉

难道我们真是在和时代作对
难道我们要丢了过去的宝贝
难道我们真是在和时代作对
难道我们要丢了过去的宝贝

锦　帆：陈叔，你别灰心，古董才值钱呢！香云纱可是纺织界的“软黄金”！

陈　生：就是硬黄金也得有人要才行啊。如今整个顺德晒莨场就剩两家，靠的还是三两个香港、日本的熟客，每年定几万米勉强维持。他们哪天不定了，我们也就关门了。

锦　帆：既然香港和日本的熟客每年都定，说明香云纱还有市场！

陈　生：有市场？你去街上看看，除了一些上了岁数、念旧的人，谁还穿呀！

锦　帆：陈叔，正是因为这个，我下定决心要做出彩色的香云纱！现在颜色太单一，只有黑色和棕色，如果能在颜色上……

陈　生：停！黑色棕色才是最正的纱！

锦　帆：陈叔，你要支持我！

陈　生：我怎么支持你……

［李母从门外进来打断两人。

李　母：老陈，老陈……

陈　生：招娣，你怎么来了……

李　母：我来问你过两天要出的那批纱怎么样了，客户在催了……

陈　生：已经打包好了，数也点好了……

［锦帆插话。

锦　帆：陈叔。

［老陈推开锦帆。

陈　生：就等装车了……

李　母：那咱们再去看看，明后天客户就来提货了……

［锦帆叫住李母。

锦　帆：阿姨，我有事想跟你说。

李　母：我跟你有啥好说的！

［陈生拉招娣走。

陈　生：对对对，没啥好说的！招娣，咱们走！

［锦帆着急，追过去拉住李母。

锦　帆：陈叔！阿姨！我真的有事跟你说。

［李母不耐烦。

李　母：有什么事就在这说吧。

［老陈打圆场。

陈　生：招娣！孩子想跟你谈，你俩就心平气和好好谈谈，纱的事你放心，我去。

［老陈下。锦帆殷勤地拉李母坐。

锦　帆：阿姨，坐。

［李母不耐烦地走过去。

李　母：说吧，什么事？

锦　帆：阿姨，我和嘉琪的事不是故意要瞒你的。我是想等我的香云纱做出点成绩，再向她求婚。

李　母：天真！就我们两家这种情况，你觉得你爸会接受嘉琪吗？

锦　帆：阿姨，是我结婚，又不是我爸结婚，这事我自己能做主。

李　母：你做主？事情没那么简单，你爸这么多年把我们李家当仇人！说来说去都怪嘉琪她爸！要不是那个死鬼财迷心窍被人骗，进了次品坯绸，让港商退纱索赔，又发生了那场大火，你们家也不会家破人亡！

［锦帆沉默片刻，理智地。

锦　帆：阿姨，我家那场大火是个意外。李叔是有错，但也不能全怪他。

［李母震动，感激。

李　母：锦帆，你不记恨你李叔，阿姨谢谢你。但你爸恨他，那是情有可原。他们是永哥弟，曾经比亲兄弟还要亲，可结果……

［M10 独唱《伤害》

李　母：　他曾是他最亲的兄弟
却带给他最深的伤害
面对诱惑他失去魂
不去想结果将会怎样
他毁了他多年心血
他毁了梁家多年的美名
他让他的信仰和追寻
转眼飘散消失在风中
最亲的人给他最伤的痛
你让他怎能不怨不恨不伤心

［李母拿出一张银行卡递给锦帆。

李　母：这是当初该我们李家出的那份赔偿，还有嘉琪爸这些年寄回来的一些钱。我给你爸送去好多次，他都不要。听嘉琪说你要做香云纱，你拿去用吧。锦帆，该说的我都说了。你要真为嘉琪好，就跟她分了吧。

［锦帆坚决地把卡片退还过去。

锦　帆：阿姨，这个钱我不能要，我也不会跟嘉琪分手。我们的事与咱们两家的恩怨无关。不管我爸接不接纳，我都会跟嘉琪结婚的。

［李母几乎晕倒。

李　母：你这孩子怎么就这么犟呢！

［陈生带宝仪上场。

陈　生：锦帆，锦帆，这个姑娘说认识你……

［宝仪不等他说完冲过来搂住锦帆。

宝　仪：锦帆！我可找着你了，我好想你呀。

［锦帆顺势把宝仪拉开。

锦　帆：宝仪！你怎么来了？

宝　仪：我找你有要紧的事。

［李母在一旁生气地跟老陈嘀咕。

李　母：刚才还说要娶我们嘉琪呢，这就跟别的女孩抱上了！

锦　帆：你等等。阿姨，陈叔，给你们介绍一下，这是我大学好朋友林宝仪。

宝　仪：叔叔阿姨好。

锦　帆：这位是我亲爱的陈叔，从小看我长大的。这位是我女……

李　母：别瞎说啊，我家嘉琪跟你已经分手了！这位是好朋友是吧，你就跟好朋友好好聊吧，我就不妨碍你们了！老陈，走！

［李母拉老陈下。

陈　生：你们聊着。

宝　仪：叔叔阿姨慢走。

锦　帆：我这阿姨性格就这样。你找我什么要紧事啊?

宝　仪：你不是要做香云纱吗？我跟你合伙怎么样?

锦　帆：你也对香云纱有兴趣？在学校怎么没听你说过?

宝　仪：我没兴趣，是我老爸有。他听说你拒绝了大公司的OFFER回来做彩色香云纱，觉得是个商机，叫我来跟你合伙做这个项目!

锦 帆；真的?

宝　仪：当然是真的。他开了这么多年服装厂，这点眼光还没有？怎么样，要不要跟我合伙?

锦　帆：太好了!

宝　仪：真的？既然都合伙了，那我们在一起吧!

锦　帆：宝仪，别闹了。

［M11 独唱《未来》

宝　仪：

爱是两情相悦
单恋就是犯傻
抛开昨日的纠结
开启新的诗篇

效益代表了领先
刺激我们向前
过往请靠边
不要浪费宝贵时间

何必要沉湎爱恋
去追寻挑战和明天
只要掌握更多的资源
你我就能创造一切

［锦帆躲宝仪。

锦　帆：宝仪宝仪，咱们还是先谈合作吧！

宝　仪：好呀。

［两人握手。

第四幕：祠堂前小河边

［嘉琪在河边洗东西。手机响，嘉琪不看摁掉。

［锦帆拿着手机跑过来。

锦　帆：李嘉琪，才一天不见你就不接我电话了？你去哪了，急死我了！

［嘉琪走，锦帆拉她。

锦　帆：你别走啊，我都找你一天了。

嘉　琪：你不是跟你的白富美好朋友合作了么，还来找我这个厂妹干吗！

锦　帆：你肯定又听你妈乱说了。

嘉　琪：什么你妈，还他妈呢，你都另觅新欢了，还怕别人说？

锦　帆：没有的事，你听我解释！

嘉　琪：别解释，越描越黑！

［宝仪上场。

宝　仪：锦帆，锦帆！我都找你半天了……

嘉　琪：看吧，说曹操曹操到！我走了。

锦　帆：你别走！她来得正好。

宝　仪：锦帆……

锦　帆：你先别说话，听我介绍一下。这是我大学好朋友林宝仪。这是我女朋友……

宝　仪：李嘉琪！你就是李嘉琪啊？

嘉　琪：是又怎样？

宝　仪：锦帆在学校经常跟我提起你。坦白说，我之前是追过锦帆，可锦帆说他有女朋友。他说他的女朋友有点胖，有点黑，性格大大咧咧像个男人婆！不过锦帆说他们从小青梅竹马，他女朋友善良，能干，最懂他的心！他说他的心里呀，只有她！

［锦帆看嘉琪，嘉琪害羞。

宝　仪：对了，你不是说要跟她商量合伙的事吗，商量得怎么样了？

［锦帆看嘉琪，嘉琪点头。

锦　帆：没问题！她都听我的。

宝　仪：真的？你也同意？

嘉　琪：嗯。

［宝仪爽快地向嘉琪伸手。

宝　仪：合作愉快！我先去晒莨场看看，你们继续！

［宝仪下。

［锦帆激动地跑到嘉琪面前。

锦　帆：你，你真的答应了？

［嘉琪害羞地亲了锦帆一下，跑开。

［M12 二重唱《遇见》。

嘉　琪：　贴近我身旁　温暖我心房
凝聚了岁月的收藏　化作一缕芳香
别让这月色微凉
今夜如此的难忘
心如烟花般绚烂
在星空中自由绽放

锦　帆：　走近你心房　告别寂寞过往
云想衣裳花想容

相守相望地久天长
仿佛在云中徜徉
收起多少雨露阳光
一切融化在你的目光
天地轮回中无限风华

嘉　琪：锦帆，只要你愿意做的事，我一定支持你。

锦　帆：嘉琪，谢谢你！

嘉　琪：云想衣裳花想容　相守相望地久天长

锦　帆：云想衣裳花想容　相守相望地久天长

合　唱：　梦中的香云纱
你是我们的信仰
留住珍贵的时光
爱是最美的回答

第五幕：香云纱工坊

[舞蹈情景表现。（注：时间为秋季）

[M13 合唱《工厂音乐》

合　唱：　紫外灯光替代阳光
是否能够晒出一样
调整配方检测含量
化工合成香云纱　香云纱
经验感受重新量化
试验找到新办法

用数据来说话人工制造

人工制造香云纱　香云纱

化学品替代传统工艺

是否有突破是否可以改进

工业化改变手工产品

是否可以创造奇迹

［一间大办公室隔成两个空间，几个穿着白大褂的人在一间忙碌，桌上摆满植物、泥土、样布以及各种试管。宝仪在办公室打电话，桌上摆满各种报表和票据。

宝　仪：爸，你种棵荔枝树，还要三两年才能结果呢，我们这才试验了多久？你不能只想着摘现成……爸！爸！爸！！！

［话筒里传来嘟嘟声，宝仪气恼地放下电话，锦帆兴冲冲进来。

锦　帆：好消息！好消息宝仪！

宝　仪：好什么呀！我爸不肯再追加投资了，咱们所有的试验明天都得停！

锦　帆：不怕，我找到来钱的路子了！

宝　仪：什么路子？

［宝仪激动地站起来。锦帆拿出两块香云纱放到桌上。

锦　帆：你过来看，这两块纱，你能看出哪块是机器染的，哪块是手工染的？

［宝仪兴奋地拿起来。

宝　仪：我看看！看不出来啊。

锦　帆：我用机器染出香云纱了！机器生产不会有色差……

宝　仪：还能解决人工整染过于依赖天气导致的产量不稳定……

锦　帆：没错。这就是说……

锦　帆：香云纱可以进行大批量规模生产了！

宝　仪：……大批量规模生产了。

［两人兴奋地拉手转圈。

锦　帆：太好了，发达了，发达了！

宝　仪：太好了，发达了，发达了！

［李母和嘉琪大汗淋漓地拎着大袋的盒饭外卖上场。李母边走边抱怨。

李　母：你这主管分明就是老妈子……我说错了吗？看到没，俩人都抱一起了！

［嘉琪顺着李母的眼光望进办公室，看到屋内宝仪跟锦帆搂在一起，生气地把袋子扔到地上。

嘉　琪：你们太过分了！

［M14 独唱《后悔》

嘉　琪　　早知道你会这样

我又何必要信你

锦　帆：（插话）嘉琪！

总是一次一次欺骗

我的心伤痕累累

宝　仪：（插话）嘉琪，你误会了！

后悔的不仅是你

我也想嘲笑自己

李　母：（插话）嘉琪啊……

那么相信承诺

到头来却是谎言

锦　帆：嘉琪，你听我解释！

那曾经美好的时光

留给我只有惆怅

你若是坚定心意

漫漫人生我陪你共度

锦　帆：（插话）嘉琪！

李　母：（插话）孩子！

说过的誓言

消失的时光

从不曾　想过改变

你就是我的一切

曾经的约定

从不曾忘记

如今那只是谎言

我又该如何面对

［嘉琪伤心地靠在李母怀里，宝仪上前解释。

宝　仪：嘉琪，你真的误会了！

［嘉琪推开锦帆。

嘉　琪：误会！我确实是误会了！

［M15二重唱《争吵》

嘉　琪：　只怕你早已意乱情迷　才会任她心怀不轨

李　母：（插话）你们怎么能这样伤害嘉琪呢！

宝　仪：（插话）阿姨，真不是你们想的那样！

［李母生气欲打宝仪，被锦帆拦住。

锦　帆：（插话）阿姨，有话好好说。

嘉　琪：　你要想移情别恋　趁早坦白别隐藏

何必口是心非

锦　帆：　许下的诺言绝不会忘　不要让彼此失望

爱是理解信任　也是包容尊重

宝　仪：（插话）你要相信锦帆！

锦　帆：　　你怎能怀疑我　对你的心意没变过　青梅竹马你全忘记

嘉　琪：　　我的爱情正在溜走　我拿什么挽救　青梅竹马的美好回忆

锦　帆：　　难道你要抛弃所有

嘉　琪：　　难道要抛弃所有

锦　帆：　　我绝不会放弃与你相守

嘉　琪：　　我不再相信你的承诺

锦　帆：　　我们要携手创造未来

嘉　琪：　　我可以离开给你自由

锦　帆：　　我不会让你逃走　我们要一起染出那美丽的纱

嘉　琪：　　爱情是那飘远的纱　再也看不清楚模样

［嘉琪一巴掌扇在锦帆脸上，转身跑下。李母急忙追下。

李　母：嘉琪！

［宝仪急忙推愣着的锦帆。

宝　仪：你还愣着干吗？赶紧去追啊！

［锦帆抬脚，想想又停下

锦　帆：算了，大家都先冷静一下……

［陈生冷着脸，拿着一块香云纱从门外进来。

陈　生：锦帆！

［锦帆下意识捂耳朵。

陈　生：自己揪！

锦　帆：怎么了陈叔？

陈　生：你还问我怎么了！这是你用机器染的纱？

锦　帆：是啊，陈叔。你来得正好，我正想去告诉你这个好消息呢！

陈　生：好消息？哈哈哈哈，呸！怪不得你爸不让你做香云纱！如果我早知道你要做的是这种东西，我，我……

［陈生抓狂。

锦　帆：怎么了陈叔，这跟你们做的纱不是一模一样吗？

陈　生：一模一样？！一模一样！！！我告诉你，就算真正的香云纱，同样的时间、同样的工序、同一批人染出的每一匹纱颜色都会不同，更何况这些没经过三洗九煮十八晒，没过过乌的冒牌货！

锦　帆：冒牌货？

陈　生：怎么，你还不服？它们根本就不是香云纱，洗几次就会脆，颜色也会越来越暗！连抹布都不如！

宝　仪：锦帆，真是这样吗？

［锦帆心烦意乱。

锦　帆：你别听陈叔他乱讲！

［陈生勃然大怒，将纱扔在地上。

陈　生：我乱讲？这东西我琢磨了半辈子，它就是我的命！别以为你读了几年书就什么都知道，关于香云纱你什么都不懂！不许再糟蹋老祖宗的东西，不然我就……

［陈生砸东西，锦帆和嘉琪阻拦。

［两个职员惊慌跑过来。

职员甲：梁总林总，刚收到检测报告，咱们的纱重金属严重超标！

锦　帆：重金属超标？

职员乙：工商说要来调查、处罚咱们！

锦　帆：怎么会这样？

陈　生：你这样做，怎么对得起传了几百年的香云纱，怎么对得起你死去的妈！

［陈生愤然下场，锦帆受打击。宝仪抹眼泪下场。

［舞蹈：女子彩色香云纱独舞。

［锦帆手捧包布，一脸悲伤

［M16独唱《妈妈的歌》

锦　帆：　白色的纱　有个长长的梦

在水中起舞　泥中沉睡

岁月会改变一切模样
最美的云霞　将落在你身上
妈妈说过的话　无法遗忘
告诉我要执着坚强
泥土自古芬芳　云是衣裳
假若心中有梦会为我歌唱

［梁永发上场，走到锦帆身边。

锦　帆：爸！

梁永发：能把它借给我一下吗？

［锦帆起身，把包布递给梁永发。

梁永发：锦帆，香云纱传了一百多年，一直有人想用其他染料替代薯莨，可是你知道吗，只有我们顺德的河泥跟薯莨反应，残留在纱上的重金属才不会超标。

锦　帆：爸，我错了，我就不该做这个彩色香云纱的梦！我再也不做了，不做了！

梁永发：不！你错了！这个梦你不但要做，而且必须要实现它！因为这是我们几代香云纱人共同的梦想，更是你妈妈的梦想！

［锦帆激动地拥抱梁永发。

锦　帆：爸！

梁永发：
星光指引着你　变得更勇敢
梦中纱重现美好色彩
五彩的云纱不是神话
她们的色彩点亮天边

合　唱：
泥土自古芳香　云是衣裳
假若心中有梦会为你歌唱

万物会为你歌唱

第六幕：祠堂前小河边

[M17 男子无伴奏合唱《深深的河》

深深的河　浅浅的滩

水中的泥　沉睡的湾

春去夏往　秋去冬来

千回百转　流入大海

[陈生在河边捞河泥看成色，锦帆追过来。

锦　帆：陈叔，叔！

[陈生不理，锦帆跳下去，抢过他手里的东西。

锦　帆：干爹！

陈　生：别叫我干爹，我受不起！你都长翅膀了，我要是你干爹那我就是只鹰。

锦　帆：我错了，你就教教我，收我做徒弟吧。

陈　生：我哪能教得了你！你多大本事啊，都用机器染纱了，我可教不了你！

[锦帆夸张地打自己，陈生走开。

锦　帆：干爹，我真知道错了。机器生产和替代品两条路走不通，我打算从传统工艺上寻求突破。我想从挖河泥开始学做纱，你就收我做徒弟吧！

陈　生：挖河泥？这活你干不了，你大学生看得多懂得多，知道的多……

[卡尔和莎莎上场。

卡　尔：Excuse me!

陈　生：大学生，你去！

锦　帆：Hello! Can I help you?

莎　莎：Can you tell me how to get to Lunjiao?（打扰一下，你们能告诉我们怎么去伦教吗？

锦　帆：Here is Lunjiao.（这里就是伦教。）

［两个外国人激动地惊叫转圈。陈生在一旁看得目瞪口呆。

陈　生：他们这是干吗呢？

［卡尔从包里拿出一个盒子打开，盒子里是一件放在塑料袋里的香云纱衣服。卡尔拿出衣服递给两人。

卡　尔：Do you know where this piece of clothing is from ?（你们能帮我看看这件衣服是这出的吗？）

锦　帆：干爹，他想让我们帮他看看这件衣服是不是这出的。

［锦帆接过衣服递给陈生，陈生拿着衣服仔细看着。

陈　生：这衣服有点年头了……我能拿出来摸一摸吗？

卡　尔：可以。

［陈生拿出衣服仔细摸了摸，兴奋地。

陈　生：这手感，这质地，这颜色，我怎么看像是梁家的手艺？！

卡　尔：Can you identify the cloth?（你知道这块布？）

锦　帆：这是我们梁家做的香云纱。

莎　莎：Xiang Yun Sha！ He said this is Xiang Yun Sha！（香云纱！他说这是香云纱！）

陈　生：是啊。不过我还不敢确认，得找你爸，永哥再看看！

锦　帆：我爸？！

陈　生：永哥，永哥！

［梁永发上场。

梁永发：找我什么事啊？

陈　生：永哥，你看看这个……

［梁永发接过衣服，仔细摸了摸，激动地。

梁永发：这块纱哪来的？

陈　生：是这两个外国朋友拿来的。

卡　尔：It’s mine！ My great grandpa brought it from Thirteen Hongs a century ago.（是我拿来的。是我曾祖父一个世纪以前，在广州十三行做生意时带回去的。）

梁永发：十三行？老三你没看错，这块纱，是我爷爷的手艺！真没想到，这块纱漂洋过海一百多年，还是这么柔软，这么光亮……

［M18 独唱《神奇的云裳》

梁永发：
时光流淌　她的光华依然绽放
岁月改变　她的味道依旧清香
光华里我看见百年沧桑
清香里我回到亲人怀抱

合　唱：
这是一件美丽的衣服
不老模样风情万象
这是一件神奇的衣裳
天地恩赐　人间珍藏

［梁永发抱着衣服哽咽。陈生和锦帆劝说。

陈　生：永哥，咱们梁家的手艺传了一百多年，不能断在咱们手上，你该出山了！

卡　尔：Wonderful！ The Gotheborg III will visit Canton next year. So we would like to place an order（太好了！既然这纱是你们家做的，明年我们瑞典的哥德堡号将复航广州，我想提前定一批香云纱。你们能帮我们做吗？）

锦　帆：当然可以。哟，爸，咱家的晒莨场还没复工呢！

梁永发：马上复工！

陈　生：锦帆，你不是一直想学做纱吗？你们梁家做了一百多年的纱，最好的手艺就在你爸身上。傻小子，还愣着干吗，快拜师呀！

［陈生着急拉锦帆，锦帆赶紧跪下。

锦　帆：爸，不，师父!

［众人笑。

［晒莨舞。

［M19 合唱《晒莨歌》

合　唱：　香云纱

今天好日头　快开起工喽

榨起薯莨　一缸水满身红通通

再过几道全要靠双手

三洗九煮十八晒　老法不能丢

洗去苦与愁

染成一片红

煮起心血浓

晒出好日头

［锦帆汗流浃背地跟着工人劳作。

［锦帆在太阳下对比着看两匹纱，眼里满是沮丧。

［背后传来脚步声，锦帆头也不回地只顾劳作。

锦　帆：爸，我明明每一步都是照你说的做的，为什么染出来的纱还是花的?

梁永发：那是因为你过乌时没掌握好河泥的厚薄。你仔细看，这两匹纱除了一个花一个不花，还有什么区别?

［锦帆仔细看了看，摇头。

锦　帆：没什么区别啊。

［梁永发叹气。

梁永发：看纱不能光用眼睛，还要用手摸，用鼻子闻!

［锦帆仔细摸两匹纱。

锦　帆：我摸出来了，一个厚些，一个薄些！

梁永发：没错。即便同一批坯绸，每一匹也会因为经纬的松紧度存在细微差别。这个差别没染之前看不太出，染过之后反而更明显。

锦　帆：是吗，我怎么从没发现……

梁永发：你才染了几天纱？

锦　帆：哦。

梁永发：所以有经验的师傅在过乌的时候，会根据每匹绸的具体情况调节河泥的厚薄。做香云纱不是那么简单的。要想染出一匹好纱，必须自然、天、人合一。

［M20 独唱《天人合一》。

梁永发：

阳光不只是一道光影
草地不只是一片葱绿
光影藏进她　沉静眼睛
闪动　天与地的精灵

河水不只是川流不息
泥土不只是一片废墟
天地赋予她　自由脾气
泥塑　她的感情

这一切不只是风景
万物都有名字和灵性
香云纱　她是落下凡间的云
她是跳动的生命

锦　帆：爸，我懂了。

［收光。

第七幕：梁家门外

［嘉琪独自在门外徘徊，不时抹眼泪。

［锦帆背着工具上场，看到嘉琪惊喜地过来拉住她。

锦　帆：嘉琪！你来了？

［嘉琪掉泪跑开，锦帆紧张地追过去。

锦　帆：还在为上次吵架的事难过呢？是我不好，最近忙着学染纱，没顾得上去找你好好解释。你怎么还哭啊，到底发生什么事了？

嘉　琪：我爸……

锦　帆：李叔？他在外面不是挺好的吗？

嘉　琪：一点都不好。你也知道，自从那件事之后他就跟我妈离了婚，这些年他一直一个人在外面。前几天我偷偷去看他，才知道他，他已经走了。

锦　帆：走了？怎么这么突然！

［陈生和李母上。

陈　生：永哥！永哥！招娣，你别急，这事我来跟他说……

李　母：嘉琪，你怎么在这？

［嘉琪急忙推开锦帆。

嘉　琪：妈，我只是路过……

［李母叹气。

李　母：别说了。嘉琪，妈知道你跟锦帆是真心相爱……

［锦帆和嘉琪一愣。

陈　生：嘉琪，你还不知道吧，你爸他……

［李母制止陈生。

李　母：老陈，别说了！嘉琪锦帆，以后你们两个只要好好的，我不会再反对了。

陈　生：永哥！永哥！

［梁永发开门出来。

梁永发：老三，大半夜的你吵吵什么？

［梁永发看到李家母女，转身要走，被陈生拉住。

陈　生：永哥，招娣找你有事！招娣，快把那个东西给永哥！

李　母：永哥，我今天来，是替志华转交一份东西给你。

梁永发：我不认识什么李志华，也不想要他的任何东西。

［老陈抢先一步走过去。

陈　生：永哥！志华师兄已经不在了

梁永发：你说什么？

陈　生：志华师兄已经走了……

嘉　琪：梁叔，我爸他，他已经走了。

李　母：你……

嘉　琪：我前几天偷偷去看他，照顾他的人说，他临走之前想回来亲自给你道歉，但他实在是动不了，求你原谅他吧！

李　母：是啊永哥，你就原谅他吧，求求你了！

［梁永发震惊，难以置信。

梁永发：不，我不原谅，我这辈子都不会原谅他的！

锦　帆：爸，李叔已经走了。看在他走了都不能叶落归根的分上，你就原谅他吧。

李　母：永哥，这是志华临走前留下的几句话，你就听一下吧。

［李母播放录音。

李志华：永哥，对不起，真的对不起，我那天喝多了，才会忘了规矩把烟头扔在了晒场，我真的不是故意的……（起音乐）我知道这声对不起晚了十八年，也知道这声对不起应该跪在你和阿嫂还有锦帆面前说……

［梁永发老泪纵横。

［M21　李母伤感地独唱《对不起》

李　母：　这些年你太不容易
　　　　多少伤痛　你一人承担
　　　　千言万语只有一句
　　　　对不起　对不起　对不起
　　　　我不求你能原谅
　　　　只愿你能放下
　　　　我们已经老去
　　　　别再让往事蹉跎余生时光
　　　　我们已经老去
　　　　别再让往事蹉跎余生时光

李　母：永哥，让一切都过去吧！

锦　帆：爸，我了解你，这些年你一直不原谅的不是李叔，其实你一直不原谅的是你自己！

［梁永发沉浸在回忆中。

［M22独唱《如何原谅》

梁永发：　火在烧　火在烧
　　　　我不能靠近　绝望在心中呼喊
　　　　眼睁睁看着它
　　　　吞噬着我的家和最后的希望

　　　　火在烧　火在烧
　　　　多少年过去还在心中燃烧
　　　　我无处可以逃
　　　　漫天的火光燃烧着我
　　　　只有无尽的悔和恨

伴我度过漫漫长夜

我想高飞却没有翅膀
我想靠岸却没有港湾
你让我如何忘记
你让我如何原谅
你让我无法忘记
你让我无法原谅

[歌声同步回忆。

[晒莨场的草地上堆放着香云纱，不远处几个看热闹的村民在指指点点。

[梁永发坐在纱堆旁满脸木然。梁母背上背着熟睡的小锦帆，将散开的纱重新卷起来。小锦帆熟睡着，手里紧紧抓着包布的布带。

[夜幕降临，梁永发坐在纱堆旁一杯接一杯地喝酒。

[李志华眉头紧锁地抽着烟，步伐踉跄地走过来，梁永发看到他激动地跳起来，一把揪住了他。

[两人激烈争执，几次几乎动手。在一次差点被推倒在地后，李志华生气地扔掉手里的烟头，悻悻离开。

[梁永发要追，却不胜酒力倒在纱堆上，随即昏睡过去。

[烟头点燃香云纱，燃起大火。

[梁母手里拿着包布从工棚里冲出来，看到躺在纱堆上的梁永发衣服被点燃，立刻扑了过去。

[梁母拼尽全力将昏迷的梁永发拖到安全处，却发现那块香云纱包布遗落在火堆里。她不顾闻讯前来的村民的阻拦，再次冲进火海将包布抢了出来，却体力不支晕倒在地。

梁永发：其实都怪我！那天要不是我喝醉了，你妈不会走，你也不会一直恨我。那天该死的是我，该死的是我呀！

陈　生：永哥，这么多年了，该放下的你就放下吧。

李　母：永哥，这么多年志华念念不忘的就是亏欠了你和梁家，我们对不起你呀！

梁永发：别说了！该说对不起的人是我！我在这给你们赔不是了！

陈　生：这下可太好了，我们本来就是一家人，现在又能像以前一样和和睦睦在一起了！

［锦帆更是开心地跑过来把所有人抱到一起。

锦　帆：爸，太好了，终于等到这一天，让我们一起完成妈妈的梦想吧。

李　母：永哥，我看嘉琪和锦帆这两个孩子挺好的，咱们就成全他们吧！

［M23 合唱《传承》

梁、陈、李：　我也曾是少年
我也时常会迷惘
我们这个家
祖祖辈辈就在这条河水旁

锦、嘉：　多少次新月入夜
多少次时代风浪
多少泪滴汇聚
一代人出生一代人离开

梁、陈、李：工匠守护的精神始终不能遗忘！

锦、嘉：岁月编织的传说不能断在我们身上！

（本剧由顺德区文化艺术发展中心出品）

作者简介

王薇，北京舞蹈学院95级音乐剧班毕业，曾荣获中国戏剧文化奖·创新剧目奖、国家动漫精品工程奖、第七届全国儿童剧目展演“优秀剧目奖”、金狮奖儿童剧目奖、浙江省第十二届戏剧节“特别奖”等，代表作品有《琪琪的红舞鞋》《时间森林》《玻璃城堡》《实现使命》等。

王秋月，编剧，代表作品有：广东珠江频道栏目剧《夜倾情》、珠江电影集团《72家房客》、广东南方影视频道《高第街纪事》、电影《曼瑜天雅》等。

儿童剧

ERTONGJU

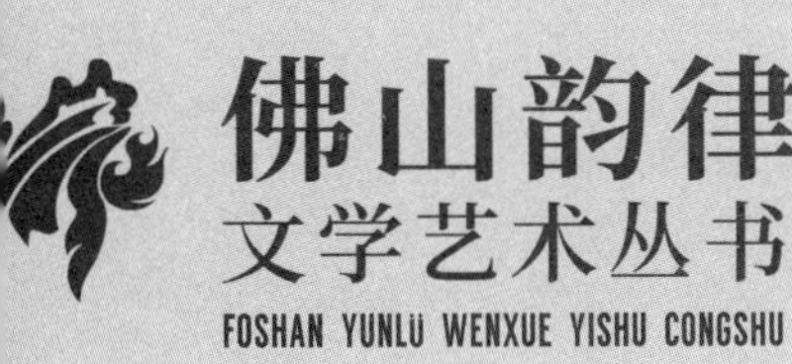

面包仙子

林　靖

第一幕

小朋友角色：小蚂蚁若干、小面包们若干

成人角色：蚂蚁阿碎、蚂蚁阿泡、面包师傅阿松、面包仙子

地　点：面包屋外的森林、面包屋里

［舞台上是森林的模样，有大树有花草，台右是一个面包屋，色彩斑斓。

［出古典音乐：莫扎特《G大调弦乐小夜曲–第四组》

叮咚旁白：（用幼儿园小朋友的声音）大家好，我是叮咚，我是一只蚂蚁。

［叮咚在远处，模拟说话的样子。

叮咚旁白：这个故事就是讲蚂蚁、叽里咕噜国、士兵、仙子、魔法师、队长和阿松之间的故事。故事有点复杂，让我从头说起吧，对了，还要说一下苍蝇呢。

［小蚂蚁们内场唱舒伯特《军队进行曲》填词的《小蚂蚁行进曲》。

（童声演唱）我们在前进在前进，踢踢踏；一个接一个开心乐哈哈；

（小朋友报数）1、2、3、4、5、6、7、8；one two three four five six seven eight;

（童声演唱）我们在前进在前进，踢踢踏；一个接一个不会害怕；

（小朋友报数）1、2、3、4、5、6、7、8；one two three four five

six seven eight;

（童声演唱）捧着食物互相帮助爬呀爬呀哎呀哎呀，左看看右看看上瞧瞧，下找找，你一口我一口皇后要一大口。（独白）没错！要给皇后一大口。

［出现另外一组小蚂蚁，他们拉着一个苍蝇出来。

（童声演唱）我们找到一只苍蝇，嗡嗡哇；巨大的苍蝇，嗡嗡哇；

蚂蚁独白：（在跟同伙讲解它和苍蝇做斗争的经过）苍蝇在地上疯狂地旋转，我们死死贴在它的背上，一定要啃下它的翅膀，好危险呀，我的屁股差点被甩掉了！

（小朋友的笑声）哈哈哈哈！

（童声演唱）拉着苍蝇互相帮助拉呀拉呀哎呀哎呀，小蚂蚁小蚂蚁团结在 一起，不怕风不怕雨友爱讲纪律。（独白）没错！我们是友爱讲纪律的小蚂蚁！

（童声演唱）我们在前进在前进，踢踢踏；一个接一个不会害怕；

（小朋友的声音）一起回答：我们是不是充满干劲？（回答）是！

（小朋友的声音）全场一起回答：我们是不是充满斗志？（回答）是！

（小朋友的声音）那请为我们加油，我们一起来喊“yeah”！

（很多人一起高呼）Yeah！

［小蚂蚁们下。

［蚂蚁阿碎上场，阿泡很高兴地拿着苍蝇的翅膀，哼着刚才的歌曲。

阿　泡：（唱）我们在前进在前进踢踢踏，啦啦啦啦啦啦……

阿　碎：（不耐烦地）别哇啦哇啦了！阿泡，你还那么开心干吗？

阿　泡：干吗不开心呢？他们找到一只大苍蝇！蚁后肯定会表扬他们的。

阿　碎：但我们什么都没有找着，两手空空！

阿　泡：我们哪有两手空空呀？

阿　碎：他们找到大苍蝇？我们呢？

阿　泡：（高兴地展示手中的翅膀）苍蝇翅膀！

阿　碎：能吃么？

阿　泡：（傻傻地）不能！

阿　碎：那你还高兴什么？

阿　泡：我们可以把它贴在墙上做装饰！（大叫一声，摆个造型）酷卡！哒！哒！

阿　碎：（瞪着他一会，崩溃地）你怎么那么笨！猪队友！

阿　泡：（傻笑起来）哈哈哈！

阿　碎：我说你笨呢，你还笑！

阿　泡：我笑不是因为你说我笨！

阿　碎：那是什么？

阿　泡：你还说我是什么？

阿　碎：猪队友？

阿　泡：哈哈哈哈！

阿　碎：干吗？

阿　泡：人人都说我们两个那么肥，肥成猪，你也说我是猪，哈哈哈！

阿　碎：（有点崩溃了）别笑了！我们不是猪！我们是蚂蚁！

阿　泡：阿碎，那我们是不是肥成猪一样的蚂蚁？！

阿　碎：我说你怎么净想着一些没有用的？你脑袋里面长草了？

阿　泡：我脑袋里面经常想一些很有用的。

阿　碎：例如呢？

阿　泡：例如，屁股痒了怎么办？

阿　碎：（崩溃了）你！

阿　泡：例如，人类为何不可以躺着吃香蕉？

阿　碎：（再崩溃）你！你离我远点！再见！

［阿碎转身就要走，阿泡还是沉浸在自己的想法里面很高兴，他走到阿碎前面摆了个pose。

阿　泡：还有思考：吃了香蕉是不是拉粑粑会更容易？（摆造型）酷卡！哒！哒！

阿　碎：（抢过阿泡的苍蝇翅膀拍打阿泡）你还卡，你还哒，叫你卡……

［阿碎追赶着阿泡拍打他，阿泡没有不高兴，反而嘻嘻哈哈地逃。

［追着追着，忽然阿碎停下来，他闻到一股香味。

阿　碎：等会，什么味道？好香！

［阿碎深呼吸一口气。出贝多芬《第五钢琴协奏曲》第二乐章《皇帝》。

阿　碎：我来到了天堂吗？

［出叮咚的旁白。

叮　咚：（充满深情的话语）一股从来没有闻过的巨大香气笼罩着阿碎！阿碎感到一种让他飘飘然的热情，扑面而来，香气充满了呼唤、充满了爱，充满了激情！

阿　泡：（忽然大叫一声加入进来）啊！你的灵魂已经去了天堂啦！

［阿泡潇洒地打了一个响指，音乐硬切成为《布兰诗歌》的“情景康塔塔”。把阿碎吓了很大一跳！

阿　泡：（很慷慨地陈词）这是食物的香气！这是来自灵魂的呼唤！（又摆经典的造型）这是酷卡，哒哒！

阿　碎：停停停！干吗换我音乐？

阿　泡：你不是去天堂了吗？这《布兰诗歌》的音乐才合适呀，灵魂的拷问！

阿　碎：（很气地）你才去了天堂呢！你怎么知道这是食物的香味？（忽然非常惊喜地）难道？我们找到食物啦？

阿　泡：岂止！（大声地）我们找到食物基地啦！我要哭啦！你看！

阿　碎：松松面包店？

［阿泡用了一个很蠢的动作指向前面，原来它们来到了一个面包屋前，面包屋里面慢吞吞地逐一出现了各色小面包。阿泡和阿碎让出了舞台。

［叮咚的旁白：阿泡和阿碎完全没有想到在他们面前居然出现那么多面包，这些面包是一个接一个从烤箱中蹦出来。没错，一个接一个。

［小朋友们扮成的小面包跳起了面包舞。背景音乐为《蓝色多瑙河》。

小面包：（唱）面包来啦！呱呱，呱呱。我们出炉啦！呱呱，呱呱。实在好香啊，哈哈，哈哈；请你闻一下，好啊，好啊；你猜怎么啦？怎么啦，怎么啦？口水不停流下，哎呀，流下；只有一个方法，就是啊，用力张大嘴巴！

［阿泡和阿碎演唱。

阿　碎：（唱）我这是怎么啦？双脚不听话。

阿　泡：（唱）张大嘴巴，张大嘴巴。

阿　碎：（唱）嘴巴张大啦，要礼貌说话。

阿　泡：（唱）别走，别走，你们给我咬一口！

［阿泡很豪迈地指着小面包们，阿碎气坏了，打了阿泡一下。

阿　碎：笨蛋！怎么说话呢？把面包吓跑了怎么办？！

阿　泡：太激动了！想吃，想吃！

阿　碎：想吃也不能这样简单粗暴啊！我们只能要掉在地上的面包屑，对待面包，要有礼貌，讲究诗意。

［小面包和阿碎阿泡继续演唱。

小面包：（唱）你要诗和远方，怎比面包清香，别客气，别走，别走，快点来和我们做朋友！

阿　碎：（唱）我要诗和远方，怎比面包清香。

阿　泡：（傻傻地豪情地唱）我不客气，你们别走，别走，快点来给我咬一大口！

［阿碎气死了，小面包们哈哈大笑四散离场。

阿　碎：（用苍蝇翅膀敲打阿泡）我真的被你气死了！干吗总追着说要咬它们一大口！我们只能搬运那些掉下来的面包屑！

阿　泡：嗯，只要一小块面包皮已经够我们吃上好久了，这里那么多的面包，我们蚂蚁家族一辈子、两辈子、十辈子都吃不完！

阿　碎：不要让人类发现我们讨厌我们，我们要小心一点。

阿　泡：（傻傻地）人类来啦！

［阿松高兴地出来，仿佛对着他面包屋里面的案板在说话。阿泡和阿碎躲起来看着他，觉得他好傻气。背景音乐为《胡桃夹子》。

阿　松：案板，你好！老酵面团，你好！

阿　泡：他跟谁说话呢？空气吗？

阿　松：面粉，你好！擀面杖，你好！

阿　碎：他肯定就是这个店的面包师傅，他把工具和面包原料都当伙伴了。

阿　松：谢谢你们！每天让我做出美味的面包！我会继续加油的！我要做出世界上最好吃的面包！以后参加诺贝尔的“面包大奖”！

阿　泡：哈哈哈，他好傻啊，诺贝尔奖根本没有“面包奖”，诺贝尔奖的评委又不是我们蚂蚁，怎么会设一个面包奖呢？这真是一个猪愿望！让人笑掉大牙的猪愿望！

阿　碎：你怎么说话呢！做人一定要有梦想啊！——不对！你怎么又笑话猪呢？猪多可爱啊！

阿　泡：（听到猪又笑了）哈哈哈，我们胖成猪了！

阿　松：（对现场的小朋友们说话）小朋友们，我的面包出炉啦，香喷喷的，请你们一起跟我唱歌吧！我每一句歌曲后面，你们都帮我一起叫“哈哈，哈哈”，例如我唱到“面包来啦”，你们就唱“哈哈，哈哈”，懂了吗？我们现在来试一次！

阿　松：（唱）**面包来啦！**（童声）**哈哈，哈哈。**（阿松）**面包出炉啦！**（童声）**哈哈，哈哈；**（阿松）**小麦提子包，**（童声）**哈哈，哈哈；**（阿松）**菠萝脆皮包。**（童声）**哈哈，哈哈；**（阿松）**还有火腿包。**（童声）**哈哈，哈哈；**（阿松唱）**美味芝士包。**（童声）**哈哈，哈哈；**（阿松）**想要全吃掉，就是啊，用力张大嘴巴！——耶！**

阿　松：谢谢各位小朋友，让我又充满了力量！我继续做面包去咯！

［阿松下，阿泡和阿碎看着阿松的背影。

阿　碎：原来那么香喷喷的面包是他做出来的。

［忽然传来一个声音。

仙　子：这香喷喷的面包是由我掌管的。

阿　泡：谁？谁在说话？

［面包仙子出场，背景音乐是维瓦尔弟的《冬》的第二乐章。她跳起了优雅的舞蹈。

仙　子：（唱）春有百花缤纷香气浓，
啊夏天的田野郁郁葱葱，
秋天有湛蓝的天空，凉风拂过金黄稻谷，还有落叶伴鸣虫。
来到冬天，雪花纷飞，一片一片，让人泛起笑容。
啊四季轮换，时光流转，多么从容。
我爱春天花开香气浓，
啊也爱夏天的郁郁葱葱，
秋天爱看湛蓝天空，凉风拂过金黄稻谷，看落叶听鸣虫，
到冬天看雪花，一片一片落下让人心动。
四季轮换，时光在流转。
四季轮换时光流转。

阿　泡：真好看！

阿　碎：真好听，这是什么？

仙　子：这是维瓦尔第的《四季》组曲里面的《冬》的第二乐章，你们是什么动物？

阿　碎：很明显呀，我们是蚂蚁！

仙　子：（哈哈大笑）哈哈哈，你们确定你们是蚂蚁？不是猪吗？

阿　泡：哈哈哈！阿碎，她也说我们是猪！

阿　碎：被人觉得是猪你真的那么高兴吗？

阿　泡：我喜欢猪！

仙　子：好啦，你们别吵了，你们是两个以为自己是蚂蚁的蚂蚁猪吧，哈哈，你们叫什么？

阿　泡：我叫阿泡，他是阿碎。

阿　碎：你刚才说，这香喷喷的面包是你掌管的？

仙　子：当然，是我指导着阿松哥做面包的。

阿　泡：阿松又是谁？

仙　子：刚才你们见到的年轻人呀，是这里的老板，也是我的主人。

阿　碎：哦，原来他叫阿松。

阿　泡：那你是谁？

仙　子：我是面包仙子呀。

阿　泡：（大吃一惊）啊？你是面包陷阱呀？！

阿　碎：（又拿苍蝇翅膀拍阿泡一下）你胡说什么呀！

仙　子：对啊，你胡说什么！

阿　碎：她说她是面包馅饼！

仙　子：（有点气着了）你！我是吧啦吧啦面包仙子！

阿　碎：啊？！你是拉粑粑面包馅饼？！

阿　泡：拉粑粑？！有谁会起这样的名字，把自己叫拉臭臭？

仙　子：（生气了）听错了，我是一种仙子，叫吧啦吧啦！

阿　碎：是啊，你是一种馅饼，但馅饼是吃的呀，干吗叫拉粑粑？

阿　泡：你听错了！她说她是banana馅饼！是香蕉馅饼！

仙　子：不对！

阿　碎：那么你是banana馅饼？哦，我明白了，很香的香蕉馅饼！

仙　子：（生气了）我不和——你——们玩啦！

阿　碎：你不叫banana，难道叫笨娜娜！谁会叫自己做笨娜娜的呀！

阿　泡：阿碎，她好像生气了，你别生气，馅饼！

仙　子：你们两个是笨蛋！我不是馅饼！我是仙子！

阿　碎：我这次总算听明白了，你是仙子！怪不得那么美丽！这么说，阿松做出来那么好吃的面包，都是由于有你这个仙子？

阿　泡：我想我们皇后肯定也非常喜欢吃这里的面包！

仙　子：整个叽里咕噜国，只有这家面包店有仙子呢。

阿　碎：为什么别的店没有仙子呢？

仙　子：因为仙子一般是由最强烈的愿望生成的，去帮助那些不断努力，实现自我的人。

阿　碎：那我现在也有非常强烈的愿望呢。

仙　子：嘻嘻，蚂蚁也有愿望吗？是什么？

阿　泡：我们想把这里全部的面包都搬回家去！

仙　子：哈哈哈，你们想多了吧？

阿　碎：阿泡你又说错了，是把这里掉下来的所有面包屑都搬回去。

仙　子：这位阿碎就对了，你们不要碰这里的面包，有人的时候也不要出现在面包店里，不然会影响阿松的生意的。

阿　泡：笨娜娜，你又美丽又厉害，我们想和你做朋友！

仙　子：你！你才笨呢！你就是一只大笨猪！

阿　泡：哈哈哈，我又变成一只猪啦！

阿　碎：我们今天出来得也太久啦，找到那么大一片面包屑，够可以的啦，阿泡，我们回去吧。

阿　泡：好，笨娜娜，非常高兴认识你！明天我们再来找你玩儿。

仙　子：（嘟嘴）我不和蠢猪玩儿！再见！

［播放《冬》第二乐章的旋律，面包仙子旋转跳了三十秒左右，就离开了。阿碎捡起地上的面包碎。

阿　泡：（看着仙子远去的背影）再见，可爱的仙子！我们不是猪，我们是蚂蚁！

阿　碎：走吧，我们是卑微的蚂蚁。

阿　泡：不对，我们是有梦想的蚂蚁！酷卡，哒哒！

［切光。出《布基上校进行曲》做转场音乐大概几十秒。

第二幕

人　物：蚂蚁阿碎、阿泡。士兵队长一、队长二

地　点：森林里

［叮咚的旁白：有梦想就是了不起——不过作为我们那么细小的蚂蚁，有梦想又能怎么样？阿碎希望发生一件大事情让他成为英雄，而阿泡，他其实很想做一只猪。

［舞台变成了森林里面的样子。

阿　碎：什么声音？

阿　泡：我们要回家了，不要再多管闲事了！好像音乐有点吓人。

阿　碎：那么我们更加要看个究竟了！

［出音乐《在山魔王的宫殿里》，选自《培尔金特》组曲。

阿　泡：阿碎，我有点害怕，听说叽里咕噜国有个坏蛋魔法师，这、这会不会是他？

阿　碎：如果是他就正好！我要阻止他做坏事！

阿　泡：就凭我们？阿碎，你不要天真了！对了，这个魔法师叫什么来着？

阿　碎：好像叫什么霸？

阿　泡：哦，我知道了，叫灭霸！

阿　碎：什么玩意儿？

阿　泡：就是复联的。

阿　碎：妇联？关妇女联合会什么事？！

阿　泡：嗐，《复仇者联盟》里面的坏蛋叫灭霸！

阿　碎：嘘，别吵，有人来了。

［在音乐的烘托下，两个大个子士兵出现了，他们迈着坚定的步伐，

左右看，把草丛扫来扫去，好像在找什么一样。在音乐很紧张的时候阿碎挺身而出阻止他们继续践踏草丛。

阿　碎：够了！停！

队长二：哇！谁？！谁吓我一跳！

队长一：哎哟，是蚂蚁！不过——长得那么胖——

阿　碎：够了！我们确实是蚂蚁，不是猪！

阿　泡：哈哈哈，是不是觉得我们好像猪？

阿　碎：你们这样扫荡草丛把草地和花花都弄死了，是不对的！

队长二：你们懂什么！我们在找东西！

阿　碎：找东西也不能这样破坏公物！

队长一：（轻蔑地）你是谁？

阿　碎：我是阿碎，他是阿泡，你们是猫和老鼠吗？

队长一：我是士兵队长。

队长二：我是士兵队长。

阿　泡：啊？你们的名字是一模一样的吗？

队长一：我是士兵队长一。

队长二：我是士兵队长二。

阿　碎：有你们这样称呼自己的吗？

阿　泡：哈哈哈，终于找到比我还傻的了。

队长一：那——我是正队长。

队长二：我也是正队长！

队长一：（推队长二一下）我才是正队长！

队长二：（也推队长一一下）我才是正队长！

队长一：（推队长二一下）我才是正队长！

队长二：（也推队长一一下）我才是正队长！

阿　碎：停！有你们这么无聊的嘛！

队长一：其实我叫Fifa！

队长二：我叫Pingpang！

队长一：不过我的主人叫我们去做士兵。所以我们去参军了！

阿　碎：这样吧，我看你是猫，你做正队长吧，你做副队长！

阿　泡：Fifa你挂着鞋子干什么？

队长一：这是我主人的鞋子。

队长二：他主人叫他打酱油！

队长一：我喜欢我的主人，我不喜欢打酱油，所以我现在参军了。

阿　碎：你这是什么乱七八糟的逻辑。

阿　泡：打酱油很好啊！（用《布基上校进行曲》开始唱了）

阿　泡：（唱）我们，最喜欢打酱油！我们，拿着鞋子打酱油！不过，如果有面包，心中的酱油就不见了！

队长二：（唱）我们，跟你去打酱油！我们，拿着鞋子打酱油！不过，如果有面包，那就酱油和面包都要！

队长一：（唱）我呀，不喜欢打酱油，我呀，真不喜欢打酱油，还有，哪怕有面包，我也要把仙子找到。

队长二：（唱）是哒，酱油放下吧，是哒，鞋子也放下吧，现在，哪怕有面包，我们也要把仙子找到！

队长二：（脱口而出）我们在找仙子！

阿　泡：（高兴了）哦，你们要找仙子？

阿　碎：（整个人都机灵起来）你们找什么仙子？找仙子要干吗？

队长一：（示意队长二不要声张）干吗要告诉你们？！

阿　碎：我看看能不能帮上忙嘛。

队长一：我们不能说！

阿　碎：嗯，要不这样吧，（把面包碎片递过去）拿去，告诉我们。

队长二：收买我们吗？给我们这面包碎片有什么用呀？

阿　泡：（递过去苍蝇翅膀）那——这给你们！

阿　碎：（对阿泡）哎呀，你傻呀！给个苍蝇翅膀去收买人？

队长一：咦！这个好！

阿　碎：（目瞪口呆）啊？

队长二：回去可以贴在墙上做装饰品！

阿　碎：（更加目瞪口呆）啊？啊？啊？

阿　泡：那么你们可以告诉我们了吧？

队长一：是魔法师麦霸叫我们去找仙子的！

阿　碎：（大叫一声）哦，对！是麦霸！

队长一：你认识他？

阿　碎：呃，听说过，听说过！找仙子干吗？找什么仙子？

队长二：找到仙子他的魔法可以增强五倍！

队长一：麦霸他有一个强烈的愿望要实现！

阿　泡：（又犯傻了）太巧了，我们也有愿望要实现呢！

阿　碎：麦霸想要做什么？

队长二：麦霸想要士兵们都听他的话。

队长一：（嘘）不许说！我们要继续找仙子了，至于我们要找什么仙子，不能告诉你们！

队长二：再见，谢谢你们的苍蝇翅膀！（蠢蠢地说漏嘴了）如果你们找到面包仙子就告诉我们！

［队长一，队长二好似很骄傲地离开了。阿泡和阿碎都高兴地拍手。

阿　碎：（拍手）太好啦太好啦！

阿　泡：（拍手）没错太好啦！他们喜欢苍蝇翅膀！

阿　碎：你！我说得太好才是，知道他们原来要干吗？

阿　泡：要干吗？

阿　碎：他们要找面包仙子呀！你这个笨蛋，这样你都听不明白吗？

阿　泡：他们要找面包仙子干吗？！

阿　碎：这个嘛，我就不知道了。

阿　泡：那你也是个笨蛋呀！你不知道他们要干吗！

阿　碎：你知道呀？

阿　泡：刚才他们说麦霸想要士兵们听他的话，既然他是个坏蛋魔法师，肯定是要做坏事呀，哎呀，搞不好要去抓面包仙子呢！

阿　碎：那还了得，不行，我们要去告诉面包仙子！

阿　泡：但是，我们不是要把面包碎片拿回家吗？

［阿碎已经不听阿泡的唠叨，出发去面包屋了，阿泡只好跟上。

阿　泡：阿碎，你等等我呀！

［切光，继续出《布基上校进行曲》，音乐转场。

第三幕

人　物：蚂蚁阿碎、阿泡、面包师傅阿松、面包仙子、女孩米娅、魔法师麦霸

地　点：面包屋以及面包屋外面的森林

［舞台上重现出现了面包屋。

［叮咚旁白：就这样，阿泡和阿碎又回到了面包屋，非常着急地找面包仙子了，但是他们不能大声叫，因为怕被人类发现了。

［阿碎和阿泡来到面包屋，开始寻找面包仙子，阿泡开始着急地胡言乱语。

阿　泡：（叫面包仙子）拉粑粑！banana！酷卡！哒哒！拉粑粑！banana！

阿　碎：哎呀，人家叫笨娜娜！

阿　泡：哦，对！笨娜娜！笨娜娜你在哪？

阿　碎：等会！阿松来了！我们先躲一下。

［阿松唱着歌儿拿着盘子，上面放着面包，他在和小面包们深情地歌唱。小朋友扮演的小面包在某个角落摇摇晃晃地做点气氛。

[出贝多芬《G大调小步舞曲》。

小面包：（唱）在这新鲜出炉香气里，小面包，排列整齐。

阿　松：（唱）在这美味可口的背后，你可知道，因为有你鼓励。

小面包：（唱）在这如梦如幻月色里，多希望，你在这里。

阿　松：（唱）在这轻盈《小步舞曲》里，你能否和我跳一曲？

[在演唱的时候，面包仙子已经出现了，她以为阿松在想着她，非常高兴。

仙　子：（独白）阿松哥，我就在这里呀，当然可以和你共跳一曲！

[面包仙子和阿松一起跳舞，仙子接着唱。

阿　松：（唱）这样踢踏踢踏踢踏踢，转圆圈，心如蜜。（独白）为什么我的心会扑通扑通跳？好像预感到什么一样？（唱）这样踢踏踢踏踢踏踢，转圆圈，心如蜜。

[米娅出现在面包屋，她又来买面包了。阿松高兴极了，又很害羞。

米　娅：你好，我，又来买面包了。

阿　松：你好、你好，呃，你，你又来买面包了！

仙　子：你又来买面包了！

米　娅：你做的面包真的很好吃。

阿　松：（害羞地）谢谢！谢谢你的鼓励！

仙　子：啊，原来阿松哥说的“因为有你鼓励，不是说我，是说她”？！

米　娅：我们全家人都爱吃。

阿　松：（还是慌张害羞地）谢谢，谢谢你们全家人的鼓励！

米　娅：我觉得你做的面包是整个叽里咕噜国最好吃的面包！

阿　松：谢谢！谢谢整个叽里咕噜国的鼓励！

[阿松说完，自己都笑起来了，米娅也笑了，仙子嘟嘴巴了。

[阿松带米娅去挑面包，仙子不高兴了。

仙　子：哼！阿松哥的面包做得那么好吃，是因为有我的帮助！真是的！

[阿松把面包装好在袋子里，米娅笑了一下就离开了。

阿　松：（有点恋恋不舍）欢迎你常来！

［米娅离开，最后回头笑着说了一句。

米　娅：我叫米娅。再见！

［米娅消失了，阿松才忽然想起来对着她的背影大叫。

阿　松：我叫阿松！松树的松！

仙　子：（撇嘴）傻样！哼！

［继续刚才的音乐，贝多芬的《G大调小步舞曲》。

小面包：（唱）面包仙子爱发小脾气，不可以，不可以。

阿　松：（唱）我的心里扑通扑通跳，不知道这是什么魔力。

小面包：（唱）面包仙子你快笑一笑，别小气，要笑眯眯。

阿　松：（唱）希望你能和我跳一曲，在这夜凉如水的月色里。

仙　子：（独白）我也不想小气，但是阿松应该专注做面包呀。

阿　松：（唱）很想愉快踢踏踢踏踢，做面包，一心一意。

仙　子：（独白）我也不想发脾气，但是阿松不专注的话，他是不能做出最好吃的面包的！

阿　松：（唱）在这可爱面包的香气里，你是否，心如蜜。

［仙子落寞地离开了。阿松甜蜜蜜地思考了一会，也离开了。

［躲起来的阿碎和阿泡出现了。

阿　泡：阿碎，你怎么眼睁睁地看着笨娜娜走了也不拉住她呢？！

阿　碎：阿松不是一直在嘛？不能让他看到我们！

阿　泡：（忽然有点落寞了）干吗不能给人类看见我们，我们就真的这样卑微吗？

阿　碎：刚才皇后不停发送微电波，看样子是找我们找得很着急，这样吧，你带上面包碎片回去一趟，让大家安心，我在这里守着，万一仙子出现，我马上通知她，不能离开面包屋。不然有被麦霸抓去的危险。

阿　泡：（很累的感觉）啊呀，我今天到处折腾，我都累了，要不，我在这里守着，你回家报平安？

阿　碎：你自己留在这里我不放心。

阿　泡：这里那么安全，有什么不放心的！

阿　碎：但是，你不要睡着了，就算万一睡着了，也要很早起来，因为阿松师傅会很早起来做面包，面包仙子肯定会出现帮助他的。

阿　泡：放心！我办事，你还有什么不放心的？！

［阿碎再交代一下下就离开了。

阿　泡：忽然觉得有点无聊，要不小朋友们，我们玩个游戏吧。

［阿泡玩游戏后，有点累了。

阿　泡：今晚估计麦霸不会来，面包仙子也不会来了。我还是先睡一会吧，不过，小朋友们，万一你们见到魔法师了，你们就大声叫我，你们就叫“醒醒、阿泡醒醒”，知道吗？

［阿泡在一块石头旁边躺下来了，灯光暗了下来，出现穆索尔斯基的《荒山之夜》音乐。小朋友们吓到大叫“醒醒”。

［出《在山魔王的宫殿里》音乐，麦霸穿着黑风衣出现了。

麦　霸：大家不要叫，不要叫，好吧，我先去躲起来。

［麦霸入内。阿泡伸了个懒腰后起来了。

阿　泡：小朋友们，是你们叫醒我的吗？发生了什么事情了？你们见到谁了？见到魔法师了？朝哪个方向走了？好，我马上去通知阿碎，不对，我马上去通知面包仙子，不对，我找不到面包仙子，我马上去跟踪魔法师！

［阿泡入内。阿松出来了，他有点心神不定，面包仙子对他很不满意。

仙　子：你知不知道你今天做出来的面包很不好吃！

阿　松：因为你一直这样吧啦吧啦的，我做出来的面包怎么会好吃呢？！

仙　子：我叫吧啦吧啦，我当然一直吧啦吧啦！你今天一直集中不了精神，怎么能把面包做得好！

阿　松：怪我？你也心情也很不好，笑容也没有了，所以做出来的面包才不好吃了！

仙　子：你！你从来都没有这样大声说过我！

阿　松：（软下来了）算了，大家心情都不好，先别说话了。

仙　子：我叫吧啦吧啦，干吗不让我吧啦吧啦？

阿　松：那你继续吧啦啊啦吧。

［阿松离开，仙子叫住他。

仙　子：你去哪里？

阿　松：你不肯停止吧啦吧啦，我躲着你还不行吗？（对小朋友们说）小朋友们，你们的爸爸妈妈在工作的时候，你们千万不要在旁边吧啦吧啦地说个没完，这样会影响他们的，知道吗？

［台下的小朋友们会回答：知道！

［仙子看着阿松的背影跺脚。

仙　子：哼！气死我啦！我让他专心工作，他觉得我无理取闹！如果我离开你了，我看你还怎么能做出好吃的面包！

［麦霸出现，假扮好心地对仙子说。

麦　霸：你说得太对了！你就是应该离开他，他不知道你的价值，不清楚你的作用。

仙　子：离开他？我还从来没有冒出过这样的念头。离开面包屋，面包仙子不就发挥不了作用吗？

麦　霸：错了，恰好相反，离开他，我会提供给你更大的发挥空间，你可以发挥出更强大的作用！

仙　子：你是谁？

麦　霸：我是会唱歌的魔法师！

［麦霸唱起了《哈巴涅拉》，出歌曲八。

麦　霸：（唱）天上掉下块猪肉，你呀你呀拿起来咬一口。

天上掉下块馅饼，我呀我呀吃的时候加味精。

天上掉下块猪肉，你呀你呀拿起来咬一口。

天上掉下块馅饼，我呀我呀吃的时候加味精。

仙　子：干吗天上会掉馅饼？还掉猪肉？你别傻了。

麦　霸：当然会呀，因为我会魔法呀！

麦　霸：（唱）我是吃货，他是吃货，让我们吃呀吃呀红红火火。

这就是情，这就是爱，咬呀咬恍恍惚惚不知所措。

（小朋友唱）啦啦啦啦！（麦霸唱）我会唱歌，来一起对着面包唱首歌。

（小朋友唱）啦啦啦啦！（麦霸唱）你跟着我，一起做面包你觉得如何？

我是吃货，他是吃货，让我们吃呀吃呀红红火火。

这就是情，这就是爱，咬呀咬恍恍惚惚不知所措。

（小朋友唱）啦啦啦啦！（麦霸唱）我会唱歌，来一起对着面包唱首歌。

（小朋友唱）啦啦啦啦！（麦霸唱）你跟着我，一起做美味面包乐呵呵！

仙　子：我还是不知道你要干吗？

麦　霸：我请你去帮我做面包呀！我那里屋子比这里更大！我需要你帮忙做很多很多的面包，很多很多士兵须要吃。

仙　子：很多士兵？

麦　霸：是保护叽里咕噜国的士兵呀！

仙　子：（高兴了）这么说，我还能做面包给士兵们吃？！

麦　霸：当然呀！你说你到我那里去，是不是能发挥更大的作用呢？！

仙　子：听你这样一说，也倒是。但是——

麦　霸：别但是了，快跟我走吧。

仙　子：我要跟阿松说一下，如果他不同意，我就不能去。

麦　霸：（开始暴露凶恶的样子了）他对你不好，你告诉他干什么！等你去给士兵们做了好吃的面包，让士兵们越来越强壮，你做出成绩来了，再告诉他不更好吗？

仙　子：也对，哼！不然，阿松还以为我离开他就什么都干不成呢！

［阿泡这个时候终于出现了。

阿　泡：不许带她走！

仙　子：阿泡？！

麦　霸：哪来的肥猪蚂蚁！

阿　泡：哼！我知道你要干吗！笨娜娜，我告诉你，他、他……

［阿泡在要跟仙子揭穿麦霸的时候，麦霸用力一挥舞魔法棒，阿泡说不出话来了。

仙　子：阿泡，你是不是想要跟我说什么？

麦　霸：他想说你跟我走是正确的事情。对吧？

［麦霸继续对着阿泡施展魔法。阿泡怎么都不能说出一句完整的话来。

阿　泡：你、你……

［阿泡手舞足蹈地说不出话来，非常着急

麦　霸：叽里咕噜国的士兵需要你，你快跟麦霸走！

仙　子：你是这个意思吗？既然你也觉得对，那么我就跟他去一趟。

麦　霸：快走吧。

仙　子：等会，阿泡，一会儿你见到阿松，麻烦你告诉他，说去一趟就回来。

阿　泡：你、你……

［麦霸带着仙子飞速离开了。阿泡无能为力干着急。

阿　泡：你不要走！怎么办呀，我真的没用，眼巴巴地看着笨娜娜被抓走了，怎么办呀，怎么办！原来我真的是一个没有的家伙！

［阿碎这个时候出现了，看到一脸沮丧的阿泡忙问为什么。

阿　碎：怎么了？阿泡，你哭了？

阿　泡：对不起阿碎，我、我——你说对了，我真的是什么都干不成！我太没用了！面包仙子被麦霸抓走啦！是麦霸！快去救她！（哭丧着脸）对不起阿碎，我没有能完成任务，我真的是很笨很蠢的蚂蚁！

阿　碎：啊？怎么会这样！

［一身武士服装的阿松急匆匆地出来了。

阿　松：咦！这里怎么有两只肥肥的蚂蚁呀？

阿　碎：阿松！阿松你不要伤害我们。

阿　松：这两只蚂蚁会说话！你怎知道我的？

阿　泡：阿松你怎么穿成这样？

阿　松：刚才小面包告诉我，面包仙子被抓走了！我要去救她！

阿　泡：是给麦霸抓走的！

阿　松：又是他！我原来是叽里咕噜国的国王侍卫队的战士，以前麦霸就想霸占叽里咕噜国，被我们打败了，没想到现在他卷土重来！

阿　泡：他把面包仙子抓走，做面包给士兵们吃！

阿　松：糟糕，面包仙子不能离开我的面包屋，不然，她做出来的面包魔力会跟随主人的意愿而变化。我的意愿是希望大家吃到最美味的面包，那么——

阿　碎：那么麦霸的意愿是要士兵们听他的话，麦霸肯定会对面包仙子施展魔法，如果士兵们吃了面包，那么士兵们肯定去攻打国王的城堡，那么——

阿　泡：那么整个叽里咕噜国就会陷入麦霸的魔爪之中了！

阿　松：我现在就去救仙子！

阿　碎：阿松，我们跟你一起去救出面包仙子！

阿　松：就凭你们？小蚂蚁？

阿　碎：别看我们是蚂蚁，我们人多力量大！人小志气高！

阿　泡：没错，我们去集合全部小蚂蚁和小动物们，走！一起出发去灭掉麦霸！我们的行动就简称——灭霸！

［出莫扎特《40号交响乐曲》其中开头一小段。

（童声演唱）怎么办怎么办天呀怎么办？

抓走啦不见啦消失啦！
去了哪会干吗实在不知道，
教教我怎么办默默祈祷。
我们不能让他得逞，
我们做个勇敢战士冲锋，陷阵，冲锋，陷阵，冲锋陷阵！

怎么办怎么办天呀怎么办?

抓走啦不见啦消失啦!

去了哪会干吗实在不知道,

教教我怎么办默默祈祷。

我们不能让他得逞,

我们做个勇敢战士冲锋,陷阵,冲锋,陷阵,冲锋陷阵!

[童声歌曲中切光。

第四幕

地　点:麦霸的魔法屋外面

人　物:麦霸、面包仙子、阿碎、阿泡、阿松、队长一、队长二,小蚂蚁们和小士兵们

[灯光比较阴森,这是麦霸的黑森林,舞台一侧有一个大笼子,舞台上方吊下来的是阴森森的植物。

[一列整齐的小士兵们出现啦。他们拿着枪在《布基上校进行曲》的音乐声中跳起了“队列舞”。

士兵们:(童声合唱)酷卡,威风士兵棒棒哒!

Fafa,勇敢士兵帅帅哒!

Fifa,放下鞋子,跟我们一起去参军吧!

我们,拿起武器保卫国家,

我们,从来不怕困难大,

士兵,骄傲的士兵,哪怕是人小也志气大。

酷卡,威风士兵棒棒哒!

Boomba,勇敢士兵帅帅哒!

猫咪，还有老鼠，哪怕是小猪也参军啦！

我们，拿起武器保卫国家，

我们，从来不怕困难大，

猫咪，还有小猪，哪怕是人小也志气大！

［小士兵们跳舞后入内，叮咚旁白。

［叮咚旁白：这些小动物们组成的士兵都有保卫国家的大志向，不过，麦霸对他们下了魔咒，他们现在都乖乖听麦霸的话了。

［队长一队长二出。队长一和队长二互相推来推去。

队长一：你再推我一下试试！

队长二：试试就试试！

队长一：你还真敢试！

队长二：你干吗打我！

队长一：因为你推我！

［面包仙子跟着麦霸上。

麦　霸：Fifa！Pingpang！你们无不无聊！停！叫你们去找仙子，你们什么都找不到！蠢猪！

队长一：他蠢猪！

队长二：他才蠢猪！

麦　霸：你们都蠢猪！士兵们都召集过来了吗？

队长一：都召集好了！

麦　霸：你看我已经把面包仙子抓来了，你们看着她。

队长一：遵命！

仙　子：你们好，请问我可以做面包了吗？

麦　霸：我要去准备一下材料。你不要到处乱跑。

仙　子：那好。拜托您快点，我做完面包后，就要回到阿松哥那里了。

麦　霸：（奸笑着）其实，你一直留在这里，给我做面包，不好吗？忘记阿松吧，你永远都不能回去啦。

仙　子：为什么？！你说过我做完面包就可以回去的啦！

麦　霸：来了这里就别想回去了！

仙　子：（惊恐地）你怎么可以这样言而无信的呢！不行，我要走了！

麦　霸：抓住她！关起来！

［两个队长把仙子抓起来，然后关到笼子里并且锁笼子的门！

［莫扎特《第40号交响曲》的伴奏，麦霸和仙子的对唱。

仙　子：（唱）放开我，放开我，你们放开我！

让我走，让我走，无需理由！

为什么，关起我，你们是坏蛋！

我不会，我不会，给你工作！

我会一直一直吵闹，不做面包吵到你们受不了！超级！吵闹！

麦　霸：（唱）哇哈哈，哇哈哈，你已上当啦！

乖乖哒，留在这，别想走啦！

谁敢吵，谁敢闹，把你变哑巴！

不能跳，不能唱，你别做傻瓜！

劝你乖乖去做面包！

劝你好好去做面包别想逃，别想！逃跑，别想！逃！

哇哈哈哈哈！

［麦霸狂妄大笑，仙子非常落寞难受。

仙　子：放我出去，（自言自语）我真不应该耍脾气。阿松哥不见了我肯定急死了，我不在，他做的面包肯定不好吃了。怎么办？

麦　霸：哈哈哈，在这里做面包吧！听我指令！

［麦霸开始念咒语。越叫越大声。舞台灯光闪烁。背景音乐《帝王进行曲》

［仙子变得整个人都痴痴呆呆的了，她已经中了咒语。

麦　霸：可以了，放她出来吧。

［两个队长猫咪和老鼠把仙子从笼子里带出来。仙子好像扯线公仔一

样，在盲目地好似做面包一样地动作。以仙子跳舞为主，队长一队长二配合着她，三人加上麦霸在具有压迫感的《帝王进行曲》的音乐中跳舞。麦霸的独白在音乐声中显得非常狰狞。

麦　霸：（狂妄大叫）你在这里做出来的面包，士兵们吃了，会力大无穷，会盲目地听我的话，那么就可以把国王铲除掉，那么整个叽里咕噜国就都是我的啦！哈哈哈！哇哈哈哈！做吧！做吧！具有魔法的面包做出来吧！boomboomba！matata！

［舞台色调很灰暗，很狰狞。

［阿松带着两只蚂蚁冲过来了。

阿　松：住手！

阿　碎：住手！

阿　泡：（傻傻地叫）统统统统住手！

麦　霸：（有点轻蔑）哦？

阿　松：吧啦吧啦！离开这里！跟我们走！

阿　碎：跟我们走！

阿　泡：统统统统跟我们走！

［仙子非常漠然地甩开阿松的手，然后呆滞地走进笼子里，把门关上。

麦　霸：（狂笑着）面包已经进入烤箱，很快就要出炉！你们不可以阻止我！

［阿松他们好似热锅上的蚂蚁。

阿　松：怎么办！怎么样才能解除仙子的魔法呢？

麦　霸：哈哈哈，来呀！把他们消灭掉！士兵们，都出来吧，把他们都消灭掉！

阿　松：啊！一大队士兵正在冲过来啦！

阿　碎：没关系，你们看，我们的蚂蚁兵团也冲过来啦！

阿　泡：阿碎，你什么时候——

阿　碎：我早早就发送了微电波给蚁后，请求她派大队蚂蚁来增援呢！蚂蚁们！冲啊！战斗！

［小士兵们和小蚂蚁们在舞台上用舞蹈进行打架。背景音乐为《帝王

进行曲》。

[小士兵们节节败退，小蚂蚁们占了上风。最后蚂蚁们把小士兵们赶下场了。小蚂蚁们也下场了。

[麦霸震怒了！

麦　霸：岂有此理，看我的！

[麦霸用力挥舞魔法棒，狠狠地把阿碎和阿泡几下打倒在地，阿碎和阿泡顽强地抗争，还是被麦霸打倒。

[整个森林都显得狰狞起来了，阿松沉着并且英勇地冲上去，与麦霸进行了艰苦的比拼，麦霸挥舞他的魔法棒，与阿松狠狠地对打，狂风怒吼，地动山摇。阿松不肯退缩，拼尽全力，最后英勇一击，把麦霸狠狠地打倒在地。

[麦霸艰难地爬起来，咬牙切齿地说。

麦　霸：（逃到了高处）哼！你们！你们给我等着瞧！我还会再回来的！

[麦霸一挥斗篷，迅速逃离了森林，消失了。

[阿松缓缓地站起来，仿佛天上一束光亮照射在他身上，他深呼吸一口气，却一下子倒在地上了。

[阿泡和阿碎冲上去大叫。

阿　碎：阿松！

阿　泡：阿松你怎么啦！

[面包仙子忽然出现了，她缓缓地拿起了仙子棒，在阿松身上画了几个圈。阿松慢慢地睁开了眼睛站了起来。

[面包仙子慢慢消失了。

阿　碎：面包仙子，你回来了？

阿　泡：面包仙子又消失了？面包仙子你快回来！

[在巴赫的《C大调前奏曲》声中仙子仿佛在遥远的地方传来了声音。

仙　子：（画外音）阿碎，阿泡，在你们身上，我看到了顽强不屈，看到了勤劳勇敢，你们蚂蚁不是卑微的生命；阿松哥，仙子是由最强烈的愿望生成的，只要你有梦想有强烈的愿望，我就还会回来的。

阿　松：仙子，你会回来吗？

阿　碎：我相信她一定会回来的！

阿　泡：是的，我们一起来呼唤面包仙子好吗？小朋友们，我们一起来喊：面包仙子！

全　场：面——包——仙——子！

［出维瓦尔第《四季》的《冬》的第二乐章。

［在美好的音乐声中，一个个角色陆续出现在不同的光区中，最后出现的是美丽的面包仙子。

［定格。

［叮咚旁白：就是这样，这个故事讲完了，他们是怎样打败坏蛋的呢？是靠团结、勇气、友爱，还有鼓舞人心的音乐力量，哦，对了。你们能发现我了吗？我就是小蚂蚁们其中的一个呀！

［音乐声推大。

——全剧终

（本剧获佛山市2019年原创文艺作品扶持，佛山人民广播电台、佛山市艺术创作院、佛山市演艺中心联合出品）

作者简介

林靖，佛山市艺术创作院院聘编剧，佛山人民广播电台节目统筹部主任、主任编辑，佛山人民广播电台花生戏剧工作室负责人，曾获广东省广播影视奖及剧本奖。创作有《佛山黄飞鸿》《偷偷爱》《满庭芳》《最美的遇见》《无路可逃》《佛山功夫少年》《面包仙子》等作品，其中《偷偷爱》由湖南省话剧院排演并在长沙公演，多次成为湖南省委宣传部、湖南省文化厅的演出季表演剧目，《满庭芳》与《最美的遇见》三年来巡演超过50场。

电影剧本

DIANYING JUBEN

佛山韵律
文学艺术丛书
FOSHAN YUNLÜ WENXUE YISHU CONGSHU

红色命脉

舟 檣

年 代 一九三一年前后

地 点 广东梅州

人 物

萧 冬：28岁，上海特科特使，中共地下党员。机警，智慧。

饶国良：24岁，梅州游击队长。胆大，勇敢。

龙 梅：19岁，青溪镇客家女，地下交通员。外向，率真。

董一山：22岁，地下交通员。憨直勇敢。

宋子云：35岁，粤东特委负责人。缜密，沉稳。

饶得福：55岁，茶阳农户，地下交通员。

饶甲长：52岁，青溪镇甲长。

袁隆魁：30岁，飞鹅岭土匪头子。心狠手辣。

叶玉娇：24岁，国军特派员。有心机但又迟疑。

老 道：60岁，敌特分子。诡秘，毒辣。

店老板：45岁，敌特分子。胆小怕事，又心狠手辣。

1. 江边码头 傍晚/外

秋天。傍晚。梅州韩江码头人来人往。

这时，一只小船靠了岸，一个提着皮箱的牧师下了船。很快，一辆黄包车接上了他。

2. 小街　夜/外

黄包车来到一个古镇的深巷，快速地进了一家院子。

牧师下了车，在一大门口停下，敲了几下门环。里面有人在问：谁呀？

牧师：老宋，快开门！是我，萧冬！

门开了一条缝，探出半个中年男人面孔来。

老宋：快进来，快进来！

萧冬一闪就进了大门。

3. 室内　夜/内

萧冬一进屋，老宋就急忙地询问起来。

老宋：交通站早给我送来消息了，说你要来，我就提前来这里等你了。

字幕：宋子云　中共粤东特委负责人

萧冬：中央苏区对梅州的这条红色交通线非常重视，因此，特科这次特地派我过来，调查了解沿线的敌特及土匪活动情况，必要的时候须要采取措施，将沿线的障碍打扫清楚，保障物资运输和护送领导人的顺利安全。

字幕：萧冬　上海特科成员　中共地下党员

宋子云：那需要我们做些什么工作呢？

萧冬：你主要通知沿线的交通站，一方面配合我的工作；另一方面密切关注敌特活动，我们要有的放矢地打击敌人，保障交通沿线的安全。

宋子云：配合你工作完全没有问题，韩江那边有我们的一支游击队，到时候可以让他们配合你工作。

萧冬：你认为扫清沿线的障碍，最大的阻力在哪里？

宋子云：阻力我倒不认为是国民党的部队，因为大埔、上杭、永定这一带是红白区的交界地段，国民党虽然驻守严密，但是一般也不会轻易出来捣乱，反而比较让人头疼的是沿线的几股土匪势力，他们随时随地都在这一带活动，抢劫杀人。

萧冬：对付土匪，我还有些斗争经验。应该没有什么大问题。主要有哪几股土匪？

宋子云：驻扎在飞鹅岭的袁隆魁是沿线最大的障碍。其次还有蕉岭的饶光耀股匪。

萧冬：明白了，我去了后，再做详细调查，摸清他们的底细，然后寻找消灭他们的机会。你只管通知沿线交通站和游击队配合即可！

宋子云：没有问题！

萧宋两人握手离开。

4. 韩江　日/外

韩江曲曲弯弯。两岸重峦叠嶂，日暮苍远。

远处，江雾茫茫。随着江风传来一阵客家山歌——

三月麦子四月黄，问姐想郎不想郎。

丝瓜开花常思想，哪有阿姐不想郎？

5. 青溪镇　日/外

龙梅家。两间土房。打砸声。

土匪甲指挥着：快搜！把龙梅找到扛回飞鹅岭，给我们袁营长做二房！

土匪乙跑来报告：老二，这婆娘今天没在家！可能跑了！

土匪甲：妈的！让她溜掉了。

土匪甲说着，又指挥众匪徒：把值钱的东西拿走，把房子点火给我烧了！

一群土匪将鸡、羊拉走。一个匪徒点了一把火，房子燃烧起来。

6. 农家　日/外

董家圩。几个土匪在抢粮食，一老人抱住土匪的腿不放，土匪用枪托砸在老人的头上，老人顿时血流如注，倒在地上。一群土匪哄抢老乡财物。

7. 青滩角　日/外

江岸散散落落几户人家。江边设有驻军的哨房。

萧冬的船行驶到这里，刚转过湾，就看到有两个哨兵在江边的石凳上坐着。看见萧冬的船驶来，立即站了起来。

萧冬不慌不忙地下了船，主动上前打招呼：两位辛苦了！

两士兵看了看萧冬，不认识，盯着萧冬的船。

士兵甲：去哪儿的？把船靠近，让我们检查一下！

萧冬：二位辛苦了。我有军部的护照。

士兵甲接过萧冬递过来的护照，仔细端详。

正在这时，从江岸远处走来一个军官模样的人，远远地大声问道：怎么啦？

士兵甲：这位他说是我们军部的。

士兵甲接着对萧冬介绍来人。

士兵甲：这是我们罗连长。

萧冬：罗连长好！

罗连长接过萧冬的护照：哟！我们见过吗？

萧冬：哈哈！罗连长好健忘啊！我们在一起开过会你忘记了？

罗连长：哈哈！是吗？那我可能真的是健忘了。

罗连长说完，脸色一变，大声地：把这个人绑了！

两个士兵迅速上前，将萧冬捆绑起来。

萧冬不慌不忙地：哈哈！罗连长这是咋了？你是想进军事法庭了吗？

罗连长：你怎么知道我会进军事法庭呢？

萧冬：你绑架一个军部的少校参谋，已经是犯了重大罪行了。

罗连长突然脸变和颜：哈哈哈！萧参谋误会！误会！我只是考验一下萧参谋而已。赶紧给萧参谋松绑。

萧冬：军机要务，罗连长以后还是少考验为好！

罗连长：哈哈哈！萧参谋见谅，见谅！赶紧进我们连部歇息歇息。刚好今天从韩江里打捞起的新鲜的鲫鱼，再喝两杯，给萧参谋压压惊。真是请客不如遇客啊！

萧冬：哈哈哈！我萧冬没有什么惊的，这样的场合遇到太多了！

罗连长：那是！那是！

萧冬跟罗连长向连部走去。

8. 村子　日/外

董一山带领游击队拿着刀枪冲下来。董一山冲在最前面。

董一山在高喊：杀啊！杀土匪啊！

众人附和：杀土匪啊！

9. 江面　日/外

水路弯弯。萧冬站在船沿上，江风吹拂他的头发。

10. 村子　日/外

董家圩。村人哭声一片。

董一山将老人抱起来：爹！爹呀！

董一山抱着老人哭得死去活来：爹！我要给你报仇！

11. 水口客栈　傍晚/外

傍晚时分。萧冬到达水口客栈。

远远看见客栈门外挂着灯笼，灯笼上隐隐看到“水口客栈”几个字。

12. 青溪镇　傍晚/外

龙梅家。董一山带领民兵在扑灭烟火。土房的一边冒着黑烟。

13. 水口客栈外　傍晚/外

萧冬走到客栈院场篱笆边，一条大黄狗窜出来，萧冬被吓一跳。

这时，从客栈里走出一个老道，客店老板送老道也出来了。老道低着头从萧冬身边过去。客店老板和老道打完招呼后，就来应酬萧冬了。客店老板是个脸上有些麻子的中年男人。

客店老板：客人住店吗？

萧冬：住店！

客店老板：那快！快进院子！

14. 水口客栈　夜/内

萧冬跟客店老板进了院子。客栈老板不时地打量萧冬。

堂屋，两个打扮得花里胡哨的年轻女人在画眉，看见萧冬进来，挤眉弄眼地。

萧冬跟客店老板上了二楼，在上楼的时候，从旁边屋里传出有人喝酒划拳的声音。

客店老板推开楼上的一间房门：你就住这间吧！

萧冬：哦，这里安全吗？

客店老板：安全！安全！你没听到楼下在划拳吗？那是饶团总，我们这店有饶团总保护着，安全你就放一百个心啦！

萧冬：饶团总？

客店老板：是呀！饶光耀团总啊！那可是我们这一带吃铜咬铁的人物啊！谁也不敢惹的。

萧冬：哦……

这时候，外面的狗又叫了起来。黑暗中，从院子外走进来了一位水客。

客店老板：来客了，我要下去了。客官早些睡。

客店老板说着咚咚地下楼了。

15. 青溪镇龙梅家　夜/内

饶国良以及几个游击队员在开会。

饶国良：最近土匪特别猖狂，我们要日夜巡逻。保护群众，同时不能离开村子，以免土匪突然袭击，今天就是一次血的教训。

董一山：依我看，我们进飞鹅岭搞他一炮火，把这些狗杂种的嚣张气焰灭一下。

饶国良：灭土匪的嚣张气焰这是必需的，但是袁隆魁这个狡猾的匪首，也不是我们几个游击队就能对付的。大家知道，大队游击队来剿灭过，国军也来剿灭过，都没有把他拿下，所以才派了叶玉娇来劝降他。消灭袁隆魁，我们是须要寻找机会的！

16. 水口客栈　夜/内

楼下过道。客栈老板对进来的水客说：你就把货物放在阶沿上吧，晚上我们有人看守。

黑暗中，只听那水客回答道：好的！好的！

水客似乎很累，默默地进了后屋。

这时，里屋喝酒的人已经结束，推开门出来了。几个女子簇拥着一个人，黑暗中看不清模样。这人一出来，客栈老板就叫起了两个女子。

客栈老板：阿桂，菊香，你们俩赶快扶饶团总进屋歇会儿。

两个女子应声答着跟进了后面的客房。

萧冬见人出来，下意识地回避了一下。

17. 水口客栈　夜/内

萧冬回到房里，躺在床上，双手枕着头，陷入沉思。

过了些时辰，院子里听到客栈老板送客的说话声。

萧冬侧着耳听，似乎听到有人说着酒话，醉醺醺地出了门。

夜，更深了。山里的夜一片寂静。不知不觉中，萧冬睡着了……

凌晨。几声低沉的狗叫和说话声把萧冬从睡梦中吵醒。他轻轻地走到门前，从门缝里低着头往下面看去。只见院子里几个人影在晃动。一会儿就见两个人从屋子里抬了一个人出来。客栈老板在小声地指挥着。

有人问：放哪儿去呀?

客栈老板：赶紧把船划过来，往江中心甩!

两个人抬着一个人出去了。萧冬打了一个寒战，他立即穿上外衣，拔出手枪正要向外走，刚准备开门，又犹豫地停下了。随后，他去拉了拉后面窗户，然后又和衣斜躺在床上，但再也睡不着了。

又过了些时辰，只听楼梯有上楼的脚步声。萧冬警觉地站起来，悄悄地来到门口，从门缝里往下看，一个黑乎乎的人正往楼上走来。萧冬翻身起床，将被子隆起，背上包袱，拔出手枪，轻轻地打开后窗户翻了出去。

18. 水口客栈　夜/内

一蒙面人从楼梯上来进了萧冬睡的屋。蒙面人拔出尖刀向隆起的被子刺去。

19. 江岸小路　日/外

天亮了。晨雾笼罩了一切。江上白茫茫一片，白雾中隐隐地传出一阵山歌：

> 隔河看见那山高，锦鸡飞在杨柳梢。
>
> 风吹杨柳锦鸡叫，郎打哨子姐知道。
>
> …………

萧冬听着山歌声继续往前走着。一会儿就看见一个19岁左右的姑娘从小路上走来。

那姑娘也看见了萧冬，她一怔，站住不走。

萧冬用不熟悉的巴山口音问：姑娘，这地方叫什么啊?

姑娘一听，只摇头不说话。

萧冬：问你呢，这地方叫什么啊？

姑娘还是只摇头不说话。

萧冬用手指了指自己嘴巴：哑巴？

姑娘点了一下头。

萧冬：刚才不是还听到你唱山歌吗？

姑娘一愣，停了半天才问：你去哪儿？

萧冬：我去青溪镇。这里叫什么名字？

姑娘：这里叫茶阳。

萧冬：那去青溪还有多少里地？

姑娘：约莫20里地吧！

萧冬皱了一下眉头。

萧冬：你是这儿的人吗？

姑娘：不是，我是青溪的。

萧冬：那我跟你同路去青溪可以吗？

姑娘：我从青溪那边过来的。

萧冬：你不回去吗？

姑娘：我去水路接我爹。

萧冬：去水路接你爹？你叫什么？

姑娘：我叫龙梅。

萧冬：你爹去水路了吗？

姑娘：他去梅县接货，昨晚歇在水路。好了，我赶路啦！

萧冬突然一惊，正要说话，那姑娘转身走了。

20. 山路　日/外

拐了一条弯，一道瀑布从山上飞下来。萧冬蹲下去，先用双手捧水洗了脸，又躺下去喝了几口溪水。然后坐在一个石头上，从包袱里取出一块饼吃起来。

林中，鸟儿清脆的叫声，使得山林异常寂静与安谧。

21. 山路上　日/外

龙梅蹦蹦跳跳地在小路上小跑着。突然，从背后窜出两个人一把将她拦腰抱住，乘势一甩，将龙梅扛在肩上，沿着山路跑了。龙梅叫喊着，两脚不断踢蹬。

22. 山林路上　夜/外

天色已晚。萧冬看了看密不透风的山林，不觉有些着急起来。

他看着路边的板栗树，上面枝丫繁茂，然后爬了上去。

23. 树上　夜/外

萧冬在一段三叉树枝处蹲了下来，闭上眼睛。

山林的夜并不安静，到处是虫子和小动物的叫声，偶尔传来几声麂子的叫唤， 萧冬裹紧衣服不知不觉地睡着了。

一阵人声将萧冬吵醒来，他睁开眼睛一看，天已经亮了。

24. 山林　日/外

天边层云，从云的缝隙中看到一些光亮。

江岸。白雾茫茫一片。

25. 山林　日/外

路边大树下。两个背枪的土匪在说话。

土匪甲：我看今天又是白跑了一天，没啥收获。

土匪乙：能抓一个背山货的也不错啊。

土匪甲：抓背山货的有毛用！你还能把山货拿到永定去换钱啊？再说那

永定可是红军活动的地盘啊!

土匪乙：你是傻子吗？你不拿这烧火棍（长枪），谁还晓得你是饶光耀手下的人？

26. 树上 日/外

萧冬趴在树上，屏住呼吸，一动不动。

27. 江边路上 日/外

一位身穿国民党军官军服的年轻女子带着四个女土匪在山路上走着。边走边聊天。

女匪甲对着穿军装的女子说：特派员，袁营长整天下山到处抢劫民女做压寨夫人，今天我们下山也为特派员抢一个男人做压寨男人，你们说好不好?

女匪齐声回答：好！好!

特派员：你们就别逗我开心了。你们看看这穷山恶水的地方，有我特派员看上的男人吗?

女匪乙：那也不一定哟！这山道上也经常有一些走州过县的买卖人、学士书生啥的，万一遇到一个好的了呢?

特派员：哈哈哈！万一遇到一个好的了你们就给我抢吧，我不拒绝。

女匪甲：对！抢！袁营长整天花天酒地，及时行乐，而我们特派员委曲求全，混在一群臭男人堆里，憋屈啊!

特派员：谢谢你们理解我，我已经就这样憋屈两年了。

女匪丙：好！我们姐妹几个以后就给特派员抢男人上山。

女匪丁：好！抢男人上山。我同意!

28. 路边大树下 日/外

两个土匪坐在石头上说话。一个土匪看到地上的脚印。

土匪甲：哪个混蛋还在这踩了脚印呢？是不是共军哟？

土匪甲：管他是共军国军啰，老子走了。

说着，两个土匪下去了。

萧冬将包袱背在背上，快速地下了树，猫着腰从小路上悄悄地跑了。

29. 路边大树下　日/外

一群女匪坐在山岗上歇息，边歇息边嘻嘻哈哈说着话。远处小路上有一个人在走动。

女匪甲：特派员你看，山下那小路上有一个人在走动。

特派员抬头看来看：果然是一个人哟！

女匪乙：我看清楚了，从走路的姿势来看是一个年轻男人。

女匪丙：哈哈！特派员想啥来啥。

女匪们一阵狂笑。

女匪甲：姐妹们，准备好，把他给我拿住，捉回山寨给特派员做压寨男人！

女匪们又一阵大笑：好！好！

30. 山路　日/外

密林，抬头望不到天。

萧冬正在走着。突然四五个女人从山林里跳出来。随着跳下来的人群，就听见啪的一声枪响。

女匪甲：别动！干什么的？

几个女人一齐扑上来，有的扭住萧冬胳膊，有的抱住他的身子。

特派员：先绑了再说，肯定是共产党探子。

说着，一群女人用绳子将萧冬结结实实地绑起来了。

萧冬：我不是共产党，你们别误会！别误会！

特派员：不管你是不是共产党，先带走！

说着一群女人将萧冬的眼睛蒙上押往前去。

31. 飞鹅岭　日/内

匪巢。土匪头子袁隆魁正坐在大厅里。

土匪甲给袁隆魁汇报：彪爷！那青溪镇的龙梅跑了！

袁隆魁：你们都他妈一群饭桶！连一个弱女子都逮不到，养你们有屁用啊？

土匪甲：那，那女子是提前就跑了。

袁隆魁恶狠狠地：给老子找回来！

这时候，突然又进来一个土匪。

土匪：报告彪爷，我把龙梅给您逮回来了！

袁隆魁转身看见一个土匪扛着两脚不断弹动的女子进来了。

袁隆魁转怒为喜：哈哈哈！好！好啊！彪爷我想了多时了！快，快，快送进我屋子去。

32. 飞鹅岭　日/内

匪巢。屋子很暗，点着桐油灯。

龙梅被绑着放在床上，嘴里塞着棉布，只能哼哼。袁隆魁笑嘻嘻地进去了，他脱去了外套，用手去摸龙梅的脸。

袁隆魁：啊！美人儿！到了我寨子，你就享福了！哈哈哈！

袁隆魁说着，迫不及待地去脱龙梅的衣服。龙梅反抗着。这时，一个土匪在门口隔着木门报告：报告彪爷，特派员抓回来了一个共产党探子。

袁隆魁：啥他妈的共产党探子？见人都是共产党探子，哪有那么多共产党探子？滚！

小土匪小心翼翼地退去了。袁隆魁正要去解开龙梅的衣服，这时，特派员叶玉娇一脚将门踢开。

叶玉娇：袁隆魁，你想做什么？

袁隆魁：特派员，冯旅长派你来是指挥打仗的，可不是来管我睡女人的啊！

叶玉娇：你知道她是谁吗？

袁隆魁：哈哈哈！在这梅州境内，远近的村村寨寨，我袁隆魁想搞谁就搞谁，我管她是谁！

叶玉娇：她是我表妹，你怎么能这样做？

袁隆魁：哈哈哈！她是你表妹，又不是你？

叶玉娇这时一把掏出手枪：把她给我放了！

袁隆魁：哈哈！特派员看来你还比我牛逼了啊？

叶玉娇点了一下手枪：放了！

袁隆魁对着门外的小土匪：先把她关起来。这女人搅了我的好事，今晚没心情了。

叶玉娇看袁隆魁将龙梅放开了，情绪有些缓解。

叶玉娇：袁营长，今天我请来了你的一个朋友。

袁隆魁：我的朋友？我的什么朋友？

叶玉娇：一会儿见到你就知道了。

说完，两人同时都去到大堂里。

33. 飞鹅岭　日/内

匪巢。袁隆魁和特派员叶玉娇来到大堂。

萧冬被五花大绑地带进大厅，而且眼睛被蒙上的。

袁隆魁看到这情形有些莫名其妙。

袁隆魁：这是什么意思？

叶玉娇：没什么意思，这个人是你的一个朋友。

袁隆魁：既然是我的朋友，那你们为啥还要把他绑起来呢？

叶玉娇对手下的几个女土匪说：给他松绑！

几名女土匪七手八脚地给萧冬松了绑，同时将眼睛上的蒙布也取了下来。萧冬眨了眨眼睛，莫名其妙地环顾了四周。

叶玉娇对着袁隆魁：袁营长，你看看，你认识他吗?

袁隆魁有些迟疑不定。若有所思地看着萧冬。

袁隆魁：好像在哪儿见过?

萧冬：袁营长，我们是见过面的。

袁隆魁：是吗?

叶玉娇手拿一张名片，递给袁隆魁。

叶玉娇：你如果记不起眼前这个人，你一定认识名片上这个人。

袁隆魁接过名片，但是他不认字。

袁隆魁：特派员你是在考我嘛?

叶玉娇：袁营长，葛万义你难道不认识吗?

袁隆魁：哦！晓得！晓得！我记起了，我们在大埔治安大队葛大队长那儿见过。

萧冬：是啊！我还给袁营长敬过酒呀！我姓萧，名冬。

袁隆魁：记起了！记起了！请问萧先生怎么来到这飞鹅岭了呢?

萧冬：我这次是来收购土产的，想做点土产生意。在大埔县时葛大队长让我进山了可以来找他的朋友袁营长。谁知道，我还没有找到袁营长，就被这位女长官请到山寨了。

袁隆魁：哈哈哈！缘分缘分！

袁隆魁走过去，拍了拍萧冬的肩膀。

袁隆魁：兄弟，误会了啊！请多包涵！

萧冬：哪里哪里。

袁隆魁：来来来！我给兄弟介绍一下。

说着，袁隆魁走过去对着特派员叶玉娇说。

袁隆魁：这位是军校高才生，国军特派员叶玉娇小姐，我的高级军师，也是我们这里的秀才。

叶玉娇微微点了一下头，笑脸盈盈。

叶玉娇：袁营长夸奖了，萧先生见笑。

袁隆魁：胖子！赶紧通知灶房，准备酒席。把今天收回来的鸡鸭猪羊宰了，好好招待这位贵客，也顺便把兄弟们犒劳犒劳！

胖子：好嘞！

一伙人乱哄哄地散开了。

34. 青溪龙梅家　日/外

饶国良和董一山在谈事。

饶国良：按照时间来说，龙梅应该早返回来了。

董一山：路上很不清净，我觉得凶多吉少啊！

饶国良：要不，今晚我们去一趟水口？

董一山：好！那还叫不叫上几个弟兄？

饶国良：不叫了，其他的人晚上要巡山。就我们俩去吧。

35. 匪巢　夜/内

匪巢大厅摆了一桌宴席。袁隆魁坐上位，萧冬、叶玉娇坐在袁隆魁两边。还有其余三四个土匪小头目，都分别作陪。外面桌子也坐满了土匪的喽啰们，那阵势是要一醉方休的样子。几个女土匪围着一张桌子。

袁隆魁：我忘记了，兄弟如何与葛大队长有了交情？

萧冬：哈哈哈！这几年来做生意，虽没赚得满钵金银，但可交了一些五湖四海的朋友。

袁隆魁：那想必兄弟在梅州府上有些关系？

萧冬：历来官商一家，府上没得关系，如何走州过县呢？

袁隆魁：兄弟所言极是。

萧冬：彪哥的委屈，小弟早有耳闻。如需有事要办，不妨告知小弟。

袁隆魁：好的！好的！今天认识兄弟真是三生有幸啊！来，喝酒喝酒！

酒过三巡。袁隆魁有些微醉，开始诉苦。

袁隆魁：哎呀！这年头我们也不好混啊！虽说我是地方民团的一个营长，可是年头到年尾也没有得到上面的一点帮补。你看，堂堂一个营长，还住的这破山寨，实在让兄弟见笑了啊！

萧冬：哪里哪里！彪哥坚守地方，保一方平安，辛苦了，辛苦了！

袁隆魁：还有那饶光耀，他作为一个团总，有好处都是他捞走了，他哪里管我们这些弟兄们的温饱呀！

萧冬：是呀！是呀！他应该多多体恤下面的兄弟们才是。

袁隆魁：他狗日的体恤？体恤他娘的屁！他看见上面派来的特派员给我做参谋，他还想要过去呢？妈的！

袁隆魁越说越气，竟然勃然大怒。叶玉娇看见袁隆魁在客人面前失态了，立即上前制止。

叶玉娇：营长，好了好了！你都扯到哪儿去了？

袁隆魁：怎么啦？不让老子说话了？他狗杂种对你早已经心怀鬼胎了。不让我说他跟我们争地盘抢肥镖啊？他饶光耀就是一个狗球！

特派员：营长，不说了好不好？

萧冬见此场面有些尴尬，于是也接上话去劝说。

萧冬：彪哥，你的苦衷我很清楚。你有什么要求，尽管说来！

袁隆魁：你看！这才是好兄弟。兄弟既然把话说到这里了，那我就直说了吧！你看能不能给我们搞一千发子弹？

萧冬：这个没问题，包在兄弟身上。

袁隆魁：还有，饶光耀狗杂种，他以团总权力来压我，我早就受够他了。大埔县民团团总目前不是还空着吗？我以前让葛大队长给我活动了很久没有弄成，兄弟有没有这方面的关系？

萧冬：这个，好说，我跟大埔县的杜县长虽不能兄弟相称，但关系也不同凡响，回去马上就给你活动活动！

袁隆魁：好好好！兄弟说话办事爽快！来！喝酒！

说完，一群土匪又开始大喝起来了。

36. 水口客栈　夜/外

客栈老板正在往屋里走。饶国良、董一山两人突然出现在他面前。把客栈老板吓得一声尖叫。

客栈老板：你你，你们是做什么的？你们要做什么？

饶国良用枪对准客栈老板，董一山低声狠狠地：说！昨天是不是有一个姑娘被你扣留了？

客栈老板吓得直打哆嗦：没，没，没人来！

饶国良：你不老实是不是？

客栈老板：大爷！真的没人来！

饶国良：那前几天你杀过一个水客！

客栈老板：没，没，也没啊！

董一山将尖刀架在客栈老板脖子上：不说是不是啊？

客栈老板：真的没，没啊！

董一山一用力，客栈老板脖子立即流出血来。

客栈老板：啊！大爷饶命啊！大爷饶命啊！

饶国良：说！是不是杀过一个水客？

客栈老板：大爷饶命啊，我也就是贪点小便宜啊！

饶国良：妈的！

董一山正要下手，突然院坝那边传来喊声。

喊声：麻子，饶团总来了，快回来！

这时候又传来饶光耀的声音：麻子，你在那里做什么，赶紧进屋，喝酒。安排陪酒的。

黑暗中，饶光耀等几个人就往外面走来。

饶国良、董一山两人看到饶光耀带了人来了，放开客栈老板跑进黑夜中。这时候，客栈老板仿佛才醒过来，大声地喊。

客栈老板：哎哟！救命呀！

一群人快速地冲下来，随后在黑夜中一阵枪声和喊杀声。

37. 匪巢 夜/内

土匪们都喝醉了。袁隆魁更是喝得不省人事。特派员叶玉娇也喝得东倒西歪，抓住萧冬的胳膊不放。

叶玉娇：萧先生，你人不错啊！真是不错。

萧冬：特派员夸奖了，你赶紧去休息吧。

叶玉娇：不！我要陪萧先生说说话！

萧冬被特派员缠着无法脱身，对旁边的女土匪说：扶特派员歇息吧！

叶玉娇指着女土匪，很生气的样子。

叶玉娇：干啥？你们走远，我陪萧先生歇息去了。

萧冬被这个女人缠得脱不开身，随着她进了里间。

叶玉娇：这是我的屋子，他们谁也不敢进来！袁隆魁不敢进来，饶光耀更不敢进来！但是我允许萧先生进来。我看萧先生是见过世面的人，我在这里受够了，他们都是一群泥腿子，我这军校的高才生算是白搭了！

叶玉娇说着，凑近萧冬身边来了，萧冬赶紧推开。

叶玉娇：怎么啦？我叶玉娇还不能吸引你吗？可我多年都没有见到过像萧先生这样的帅男人了！喔！萧先生真有味道！

萧冬：特派员，你喝醉了，赶紧歇息去吧！

叶玉娇：不，我要你陪着我……

萧冬急忙推开叶玉娇。

萧冬：特派员，我要去解手。

叶玉娇：你去吧，解手我就不陪了，我在这等你……

叶玉娇说完就倒在床上呼呼大睡了，萧冬快速地出了门。

38. 匪巢　夜/外

萧冬沿着后门墙壁往外走。突然听到土房里传出女子哼哼声。他侧耳听着。

39. 匪巢　夜/外

一个望风的土匪，正蹲在墙边抱着一杆枪在打鼾，旁边放着一个喝酒的碗。

40. 匪巢　夜/内

萧冬轻轻地绕过睡着的土匪，然后将门轻轻地打开走进去，借着外面树上火把的亮光，看见龙梅被绑在柱子上，口里塞着毛巾。萧冬三两下将绑在柱子上的绳子解开，拉着龙梅就往外走。龙梅诧异地看着萧冬，不走。

萧冬：姑娘，赶紧走吧！

萧冬说着，推着龙梅，龙梅反抗着依然不走。

萧冬：赶紧走，今晚你不走，就没机会了。

萧冬说着，不管她同意不同意，拉着她就往外走。他们绕过打鼾的土匪，转过山墙，走进黑夜中。

41. 匪巢　夜/外

在山后，萧冬给龙梅解了绳子。这时候，萧冬认出了龙梅。

萧冬：白天我不是还看到你了吗？怎么就绑到这里来了？

龙梅：土匪！你是土匪！

萧冬：我也是被他们绑到这里来的！

龙梅：你就是土匪！你怎么能一个人出来？

萧冬：唉！姑娘，我怎么能给你说得清楚呢？好了，不说了，你赶紧走吧，趁今晚土匪们都喝醉了，赶紧走！

龙梅犹豫了一下，毅然转身跑了。

42. 水口客栈　夜/外

傍晚。水口客栈。一盏鬼火似的灯笼亮着。

一个穿黑衣的蒙面人正在与客栈的老板在外面的江边说话。

蒙面人：凡是过往的行人，你就要注意一点，特别对于那些陌生的人，他们八成就是共产党的地下交通员。

客栈老板：怎么才能报告给你？

蒙面人：你要是觉得可疑的话，来不及报告，你就……

蒙面人做了一个杀头的动作给客栈老板。客栈老板点了点头。

蒙面人说完，风一样飘进了黑夜中的江面。

43. 飞鹅岭　日/外

匪巢山寨外。清晨，林中，阳光婆娑。叶玉娇和萧冬两人在山林小路上走着。

叶玉娇：上完军校后，我被分配到旅部机要处，后来要派一个人来飞鹅岭劝降袁隆魁，冯旅长说我是当地人，又说准备要提拔我，所以就派我来了。烦啊！整天跟这群泥腿子在一起，快把我逼疯了。浪费了啊！我这个军校生浪费了。

萧冬：不过，你也应该这样想，派你来这里也许对提拔你是一个考验。

叶玉娇：与其这样，我宁愿不让他们提拔我。现在我是上不能上，下不能下，青溪的亲戚们也把我当土匪看。

萧冬：你没申请过回旅部吗？

叶玉娇：申请过多次了，总是说任务还没完成，不能走，我都不晓得这何时是个头。可这袁隆魁就一个目不识丁的土匪，除了做点打家劫舍的营生，对党国没有一点用处。

叶玉娇说完这话，又换了一种口气：对了，这些事啊，我本是不能给人说的，只是在心里憋得太久了，无人可倾诉。再者，我看萧先生气质非凡，修养极高，忍不住就想一股脑把内心的郁闷吐露出来。萧先生别见怪啊！

萧冬：不会，不会！谢谢特派员的信任。

叶玉娇：那，萧先生果真是做土产贸易生意的吗？

萧冬：哈哈哈！怎么？特派员觉得我不像吗？

叶玉娇：我的直觉，萧先生更多了一些军人风度，少了一些商人气息。

萧冬：哈哈！特派员眼光独到。我从小在军人家庭长大，父亲希望我从军，但是，我看到军队的腐败和混乱，所以坚决不当兵。

叶玉娇：恩，萧先生如果当了兵，也不是一般的兵。

萧冬：哈哈哈哈！

叶玉娇举起手枪，对准前面的一棵树，啪的一枪。

44. 匪巢　日/内

早晨。萧冬在匪巢台阶处跟袁隆魁拱手连连道别。

45. 江边　日/外

叶玉娇将萧冬送到江边，停下来了。

叶玉娇：好了！我就送你到这里吧！萧先生你走好！我们后会有期！

萧冬：好的！谢谢特派员。后会有期！

两人挥手致意。萧冬转身快速登上木船了。叶玉娇站在岸边一直看着萧冬进入江心。

46. 飞鹅岭　日/外

匪巢。特派员回到寨里，转过身看见袁隆魁站在门口。

袁隆魁：哈哈！特派员！

叶玉娇一惊：袁、袁营长。

袁隆魁诡秘地一笑，叶玉娇假装没看见。

袁隆魁：萧老弟说了什么时候再来吗？

叶玉娇：他说很快的啊。谁知道会什么时候呢……

叶玉娇说完就自己走进寨里去了。

袁隆魁在寨子外边站了一会儿，若有所思的样子。一会儿也进寨了。

47. 江面　傍晚/外

天即将黑下去了。

雷声响彻江岸。一会儿大雨就下来了。萧冬拿出雨布披上，站在船边。船慢慢靠近码头。

萧冬大喊起来：喂！有人吗？有人吗？

喊声随着雷声在江上回荡。

48. 飞鹅岭　傍晚/内

匪巢。一个土匪向袁隆魁报告：彪爷！龙梅跑了。

袁隆魁：跑了？怎么能跑得了呢？把看守的人给我拉进来？

袁隆魁在屋子里走来走去，大骂：真他妈一群废物，好不容易搞到山寨，人给跑了。

这时，一个土匪将看守拉进来了。

袁隆魁愤怒地：人呢？

土匪低头不语。

袁隆魁怒声地：老子问你，人呢？是不是你放走了？

土匪还是低头轻声：不是我放走的，是她自己跑了的。

袁隆魁：啥时候跑的？

土匪低头轻声：不晓得。

袁隆魁：真你妈废物，一个女人都看不住。

说着上去就是一拳头，将小土匪打倒在地。小土匪抱住头蜷缩在地上。

49. 匪巢　傍晚/内

袁隆魁怒气冲冲地推开叶玉娇的门。

袁隆魁：叶玉娇，龙梅是不是你放走了的？

叶玉娇：呀！袁营长，你堂堂一个营长，怎么能为一个贫贱女子大动干戈呢？

袁隆魁：少废话！是不是你放走了的？

叶玉娇：是我放走了的，那又怎么样？

袁隆魁：你，你，你给老子抓回来！

袁隆魁说着，拿枪对着叶玉娇。

叶玉娇：袁营长，我告诉你，你的一举一动都会有人看到，只要我有一点闪失，你这个匪巢立即就会飞上天。

袁隆魁：你别大鸡巴吓寡女子，我袁隆魁可不是吓大的！

叶玉娇：呵呵！那你就看着吧！

叶玉娇说完，转身走了出去。

50. 青溪渡口　夜/外

河面一片水雾，能见度很低。龙梅披着蓑衣将船拴好，正要离岸，听到有人在喊，她侧耳一听，于是将船划向河对岸。雨雾中萧冬向渡口走来。龙梅将萧冬拉上船，顺手给他递过去一顶草帽。

龙梅：赶紧戴上。

萧冬：先给你钱嘛！

龙梅：莫啰唆，赶紧上岸，洪水马上来了！

龙梅说着，快速地划起船来。在岸边，萧冬下了船，只见龙梅撑着篙竿，一个箭步飞上岸边，将手中的绳子套在河边的一个大树上。

萧冬看着有些吃惊。

龙梅：走啊！还站着干啥子？

萧冬：给你钱啦！

龙梅：回去再给不行吗？我又不怕你跑了。

萧冬：回去？去你家吗？

龙梅：不是我家，难不成还是你家呀？

龙梅说着笑了起来。两人一前一后向岸边走去。

51. 木屋　龙梅家　夜/内

天很黑。萧冬随龙梅进了木屋。见萧冬进来，饶国良站起来让座。

龙梅一进屋就对饶国良说：哥，帮我招呼一下客人，我去换件衣服。

这是一座两间半的土墙房子。有半间已经烧掉了。堂屋的前半部分是一个火塘，火塘柴火烧得很旺。柴火上面有一根带钩棍子，棍子已经被烟火熏得漆黑，钩上挂了一个铁罐，罐里煮着东西不停地“咕咕”作响。

饶国良看着萧冬：是哪来的客人？快坐下来烤火。

萧冬：梅州来的……

饶国良：这还真是远客呀？这么远地来我们这里做什么啊？

还没等萧冬回答，龙梅就换了一身干净的客家衣服出来了。

龙梅：哥！你问那么细做什么？等人家衣服烤干了再说不迟呀！

这时，龙梅才坐下来，萧冬和龙梅都是第一次看清楚对方的样子，两人都很惊奇。

萧冬：啊！是你？

龙梅见了萧冬后大惊失色，脱口而出：土匪！

萧冬：我、我不是土匪。

龙梅：哥！他是土匪！

萧冬：你们不要误会，我真的不是土匪。

饶国良不解地看着这两个对话的人。

龙梅：你就是土匪！

萧冬：我真不是啊！

饶国良：好了，你们不要说了。龙梅你们俩怎么认识的？

龙梅：我在飞鹅岭匪巢见过他。

饶国良：飞鹅岭匪巢？那这位大哥你是……

萧冬连忙说：我是做土产生意的，从梅州来，在这一带收收土产。我姓萧。

饶国良：收土产啊？怎么你去了飞鹅岭匪巢？

萧冬：我也是被土匪绑上了山的。

龙梅：可是，我是被他放走的！

饶国良狐疑地看着萧冬。

萧冬：那晚，土匪们都酒喝醉了，我趁土匪们喝醉的时候把她放了。

龙梅：可是，你说你不是土匪，你咋可以放走我呢？

饶国良：龙梅，不说了，毕竟是这位客人把你救出来的，先吃饭吧！

然后又转向萧冬：来，这客人快来吃饭！

萧冬也没有推辞，就在他们的让座下，坐到了饭桌上。

桌上，一盏桐油灯燃得呼呼地，加上火塘的柴火，将屋子照得十分明亮。

52. 木屋　夜/内

龙梅家。木屋外，饶国良和龙梅悄声说着话。说完，龙梅一个人轻轻地推开门跑了出去。

53. 木屋　夜/内

龙梅家。里屋，一张宽宽的架子床靠墙放着。萧冬和饶国良两人并排躺在床上。墙缝里挂着一盏半明不亮的桐油灯。

饶国良：萧大哥，听你口音是远方人啦？

萧冬：我是南方的人。很早就在梅州来做生意了。

饶国良：看得出，见过世面的。不早了，我们睡吧！

说完，饶国良将油灯吹灭了。

54. 木屋外　夜/外

龙梅领着董一山和几个游击队员，悄悄地来到木屋外面。董一山和几个游击队员快速地冲进了屋子。

只听董一山在喊：先把他绑了！

黑暗中，只听七脚八手的人将萧冬捆了起来，嘴里塞了棉布。萧冬只能哼哼地叫。

然后饶国良和董一山他们坐在火塘边商量。

饶国良：龙梅，你把事情说一遍。

龙梅：我在去水口的路上遇到这个人，他向我问青溪的路，然后我就走了，没有走多远就被土匪抓进了飞鹅岭匪巢，关在一间屋子里，晚上他过来莫名其妙地又把我放了。

董一山：他不是土匪，就肯定是国军探子。

龙梅：我也觉得，他说他也是被抓进去的，可是他在飞鹅岭匪巢怎么可能那么自在？还能把我放走了，还能一个人出来？

董一山：这中间太多疑问了。国良，不要犹豫，坚决把他沉到江里去。

龙梅和两个游击队员也七嘴八舌地附和着董一山。

饶国良：可是，万一……

董一山：你还万一啥子啊？赶紧把他往河边拉！

55. 岸边　夜/外

几个人押着萧冬往江边走。萧冬不停地哼哼着，像是有话要说。一群人来到河边，将一个石头绑在萧冬的背上，萧冬不断地哼哼着，非常着急的样子。

56. 青溪河畔　夜/外

江岸，摇摇晃晃地一个火把从对岸过来了，并叫着：过江啊！

来人越来越近。董一山几个人急忙停下手。来人已经走到跟前。

来人：呀？饶队长，你们这是在做什么？

饶国良：啊！是饶三叔你呀？

饶三叔：我从大埔回来。你们这是抓的谁呢？

董一山：一个敌特分子。

萧冬急忙哼哼着。饶三叔说着将火把在萧冬的脸上照去。

饶三叔：这，这，这好像是萧先生嘛！

饶国良：哪个？哪个萧先生？

萧冬哼哼着急忙点头。

饶三叔：这是萧先生呀。

饶三叔说着，将萧冬嘴里的棉布拔掉。

萧冬：饶三叔，误会了，他们误会了！

饶三叔：哎呀！果真是萧先生啊！饶队长，你们差点犯了大错误啊！

饶国良：啊！咋回事？

饶三叔：这是萧先生啊！快给他松绑！

萧冬：饶三叔，他们误会了。

几个人急忙给萧冬送了绑。个个都面面相觑。

饶三叔：饶队长，他可是苏区来的领导啊！萧先生你怎么来这里了？

萧冬：是这样，饶三叔，由于梅江这条线路被敌人察觉，我这次来韩江专门调查一条线路的敌特情况，所以就来这里考察了。

饶三叔：哎呀！太险了，今晚不是我碰到，你就没命了。

萧冬：哈哈！没事！对了，饶三叔，目前你们茶阳交通站的情况咋样？

饶三叔：情况很糟糕！河口交通站遭到敌人的破坏，王书英和寇明辉也牺牲了。物资运输不能畅通，护送中央苏区的领导人也没了保障。

萧冬：所以，我这次就是来保障这条交通线的畅通，以及交通站的安全！饶三叔！这以后还仰仗您的配合呢！

饶三叔：没有问题！有什么事情须要帮忙了，就给饶国良说一下，我们会尽量提供帮助。

饶三叔说着，又对饶国良说。

饶三叔：饶队长啊，你们要尽力协助萧先生啊！

饶国良：好的！萧先生有什么须要帮助的，尽管说。今晚是我们的冒失，在这里还给萧先生赔情，请萧先生别记气。

萧冬：哈哈！怎么会呢？你们做得对的。帮助嘛，还真须要帮助。我在梅州来之前，已经跟宋子云同志请示了，希望当地游击队协助一下我的工作。

饶国良：没有问题，萧先生尽管说。

萧冬：明天你们派一个人陪我在这条路上走走，了解一下附近的情况。

饶国良：好的！那饶三叔、萧先生，咱们回屋子里说吧。

一群人离开河边，向木屋走去。

57. 青溪早晨　日/外

天放晴了。萧冬走出屋子，站在江边伸了一个懒腰，空气异常清新。

早霞把江面染成金色，顺着江水望去，重峦叠嶂，起伏绵延，一直消融在远远地蓝天白云里……

58. 青溪　日/外

龙梅家。萧冬、饶三叔在聊天。

饶三叔对萧冬：目前的情况非常糟糕，斗争也更加残酷，河口交通站遭到破坏，这也是一个教训。

萧冬：所以，当地游击队要充分保护好交通站，特别是来往运送物资和护送苏区领导人，任务重大。

饶三叔：国良他们一直就在这一带开展游击斗争，为我们的红色交通线保驾护航。

萧冬：有游击队的大力支持，我就放心了。

饶三叔：但是，从目前我了解的情况来看，这一条线路上，敌情依然非常复杂。各路土匪、国军、敌特等都在这条线上活动，你们的任务是艰巨而危险的。

萧冬：这些我都明白。我想在青溪龙梅家设立第一个交通站。具体工作由龙梅来负责。一来，刚好有龙梅渡船过江，运送物资方便。另外，也靠近江边，囤积物资在那里也是一个非常好的位置。向东是土匪盘踞的区域，向北是苏区，有利于物资的转运和交接。

饶三叔：萧先生你可能有所不知，龙梅家本来就设立的一个交通站，她爹是扮作水客的交通员……

萧冬：啊？是这样啊？

饶三叔：怎么？出什么事情了吗？

萧冬轻声地：龙叔有可能出事了！

59. 木屋外　日/外

木屋外院场边有几个石蹬，院场边的栏杆上晾晒着龙梅的衣服。

萧冬和饶国良站在院场边，向饶三叔挥手。

萧冬：饶三叔，一路保重！

饶三叔：保重！

饶三叔说完，划着船向江心漂去。

萧冬背上包袱和饶国良看着饶三叔走了，然后他俩也开始向另一片江面划去。

龙梅穿着一身新衣，在早上阳光的照耀下，分外鲜艳。

龙梅向萧冬和饶国良：你们走吧，我要去看看我的船还在不在哟！

龙梅蹦跳着向江边走去。

60. 飞鹅岭　日/内

匪巢。袁隆魁躺在木床上抽大烟。特派员叶玉娇穿着军装手插裤袋来回走动。

叶玉娇：前几天饶光耀给我带信来，让我去蕉岭驻防呢？

袁隆魁：呸！驻防个球！他那是黄鼠狼给鸡拜年没安好心！

叶玉娇：不管他安的什么心，反正我看到那个瘦猴样子就恶心！

袁隆魁：哈哈！还是我袁营长这一身肌肉招你喜爱吧？

叶玉娇：滚！谁喜欢你这一身膘了？

袁隆魁：怎么啦？我这一身膘总比那饶瘦猴强了一百倍吧？穿上你们冯旅长的衣服，不比冯旅长更威武吧？也怪呢？怎么我就没遇到这个冯旅长呢？要是当初我遇到，那民团团总的位子哪还有他饶光耀瘦猴的份？

61. 韩江江面　日/外

萧冬和饶国良两人划着船。

萧冬：国良，龙梅把你叫哥，你们是一家人吗？

饶国良：龙梅是我亲妹妹，从小就被领养到龙家了，所以她就随她爹龙叔姓了。

萧冬：哦，那你家现在还有些什么人呢？

饶国良：还有我爹，现在是青溪的甲长。对了，萧大哥你昨晚说前几天住在水口客栈？

萧冬：是呀？

饶国良：那你看见一个50岁左右的水客在水口歇店了吗？

萧冬：倒是看到一个50多岁的人在那里歇店，因为天黑，没看清楚长什么样。我怀疑那是一个黑店。

饶国良：黑店？那龙梅她爹……

萧冬：如果龙梅她爹真的那晚住在水口客栈的话，我有点担心。

饶国良：那我明天就过去问问那个麻老板！

萧冬：这个事情不要莽撞，等过几天，我们想想办法。当下，最重要的是发动几个积极分子，协助我们运输。目前，蒋介石对苏区进行包围，妄图把中央苏区饿死在赣南山中。目前中央苏区陷入了极度的物资匮乏状态，特别是医疗器械。所以，我在潮汕给苏区采购了一批紧急物资，要运送到中央苏区去。我需要你们协助。

饶国良：没问题！你说怎么个协助法？

萧冬：首先，我们要密切掌握沿途的土匪和敌特的活动情况。其次就是组织人员搬运。同时还要随时防止土匪的拦路抢劫，必要时要武力解决。

饶国良：萧大哥，这个就交给我吧！运输就让一山负责，龙梅协助。前几天，一山的爹被土匪打死了，对土匪有着深仇大恨，他是一个非常可靠的人。我带几个游击队员主要在沿线巡逻，防止土匪抢劫。

萧冬：还有，物资运输的事要高度保密，以免走漏风声给敌人造成可乘之机，对外就说我们运输的土特产。我们这几天对敌人的动向做一些摸底。据我初步判断，我们这一带还有敌特活动。对了，你把这里的土匪情况给我说说。

饶国良：我们这里的土匪主要是驻扎在飞鹅岭的袁隆魁。袁隆魁有一个参谋叫叶玉娇是我的表姐。

萧冬惊奇地：啊？那个特派员是你表姐？

饶国良：是的。表姐很早就去上了军校，后来就进入国军，没几年又被派到飞鹅岭来了。

萧冬：嗯。我知道了。

62. 飞鹅岭　日/内

匪巢。袁隆魁躺在床上吸烟。叶玉娇双手插裤袋里，走来走去。

叶玉娇：我来这里也一年多了，所有的情况也基本了解清楚。我们现在不能仅仅只是做些打家劫舍、偷鸡摸狗的营生，必要的时候我们要配合国军的行动。

袁隆魁：怎么个配合？

叶玉娇：就是协助国军，在适当的时候对共军进行袭击。

袁隆魁：哈哈哈哈！打共军，那是你们国军的事儿，与我们毛关系都没有。

叶玉娇：你忘了我是国军派到你这里的特派员哟！

袁隆魁：特派员咋了？特派员不也是和我们一起住山寨，吃野食吗？

叶玉娇：特派员就是来劝降你，支援国军。

袁隆魁：哼！支援？谁支援我了？想搞一个大埔民团团总的位置都不给，就更别说支援人员了啊！

叶玉娇：你这人啊！土匪就是土匪，思想太狭隘。目前共军在江西瑞金、福建龙岩一带迅速建立了根据地，眼看就要发展壮大了，我们要趁他们还没有完全站稳脚跟的时候把他们消灭在这粤东大山之中，现在哪有心思解决你的问题？

袁隆魁：既然我这点要求都不能解决，那我又哪有心思去想他们的问题呢？打共军那是你们国军的事情，我就是土匪，我就是打家劫舍。

叶玉娇：你？唉！我这特派员也是白派了。

63. 佛顶山　日/外

远远看见有道观在山顶上。密集的黑松显得特别萧飒。

远山的丛林中传来一段客家山歌：

太阳落土又落坡，我来唱个送郎歌。

送郎送到佛顶山，再送十里不嫌多。

…………

饶国良他们的船划到一个三岔口出，迎面看见一座山，山上有一座道观，一条石阶小路从山上一直通到韩江边。

萧冬：这是到了什么地方？

饶国良：快到佛顶山了。有关佛顶山的传说很多，也很神秘。

两人说着，就加快了划船的速度。木船很快就到达了山下的石阶路处，这是一个小型的码头，刚刚一只小船靠岸，船上下来一个老道，正往山上走去。

萧冬好奇地抬头望去，看着老道慢慢上了山。

萧冬略有所思地：我好像在水口客栈见过他……

64. 茶阳镇　日/外

小街。这天，是茶阳镇逢集的日子。来往的山民在街道上买卖山货。各色人等在小街走来走去。萧冬他们找到一家酒馆，坐了下来。老板是一个40多岁的男人。身穿马褂，头戴毡帽。

萧冬：老板，你这里还有住的地方吗？

饭馆老板：还有还有！客人是要住几晚？

萧冬：先住一晚。

饭馆老板：哦！好好！那我先去安排客人吃喝，喝足吃饱了再安排住店。客人好像不是当地人，打从哪儿来的？

萧冬：从梅州府来。

饭馆老板：是走亲戚……

萧冬：嗯！

65. 佛顶山　日/外

傍晚，老道从道观走出来，快速地下了山。

暮色，将道观笼罩得格外神秘。

66. 茶阳镇　夜/内

萧冬和饶国良两人躺在旅馆的床上，他们说着话。

一会儿，萧冬起身到门外厕所小便，然后又快速地进屋来了。

萧冬：国良，你起来看看，外面有个人好像是老道。

饶国良起床来，两人趴在窗口往下看。

饶国良：是的！就是老道。

这时，只见老道和这酒馆老板一直在门外耳语着。一会儿，老板将手上的东西交给老道，老道离开了。老板将门关上后，屋子就没有声音了。

萧冬：这个老道怎么到处都有他？

饶国良：他有些神秘兮兮。

萧冬：……

67．飞鹅岭　日/外

黄昏。叶玉娇在山崖边与一个蒙面人见面。蒙面人全身黑袍。

蒙面人：上面指示我们加紧活动。你的任务是继续劝降袁隆魁，并且要配合我们大搞破坏活动，能杀就杀，能烧就烧，主要目标对准苏维埃政府及农民积极分子，我们要扰乱民心，制造恐慌。

叶玉娇：袁隆魁这个人是一个没有多大利用价值的人，我们应该放弃这个人。

蒙面人：不行，我们必须把他争取过来。他在这里的位置太重要了，完全可以阻止共军南逃，这是我们的战略部署。对了，现在饶光耀对你和袁隆魁的意见很大，你们要注意处理好之间的关系，这很重要，直接关系到党国利益。

叶玉娇：我就说了，像他们这样的土匪，除了争风吃醋，打家劫舍，还能干什么大事呢？

蒙面人：你这样的想法太危险了，你要随时为党国的利益着想，而不是以个人意志行事。今天我在这里给你提出警告，下不为例！

蒙面人说完，风一样走了。

68. 青溪　日/内

龙梅家。萧冬对饶国良和董一山、龙梅说话。

萧冬：如果袁隆魁被我们说服，那么我们的交通线扫清了一个重要的障碍。飞鹅岭的位置相当重要，它是卡住我们的物资从潮汕送往苏区的一个咽喉之地，所以我们要想尽一切办法把袁隆魁这块石头搬开。袁隆魁这里打通了，就剩下饶光耀了，这个我会继续想办法，利用袁隆魁和饶光耀之间的矛盾来解决。

饶国良：我和一山去过水口客栈了，那个客栈老板果然就是一个杀人黑手。龙叔无疑就是被他杀了的。

萧冬：这个客栈，我们是须要解决了，不然它会伤害我们更多的交通员和物资运送人员。而且，我分析客栈与敌特有勾结。我们要尽快行动！

另外，我想马上去潮汕搬运物资，现在需要有人跟我一同前去。

饶国良：让一山跟你去吧。

萧冬：好！

69. 水口客栈　夜/外

萧冬、饶国良、董一山他们摸黑接近客栈。

一阵狗叫。老板打着灯笼出来了。

客栈老板：呵呵！客人你们住店啊？

还没等客栈老板反应过来，饶国良一把抓住客栈老板的衣领，董一山随后将一个毛巾塞进客栈老板的嘴里。这时候，饶国良和董一山用绳子将客栈老板捆了起来。

饶国良：麻子，你开了几年的黑店，双手沾满了无辜老百姓和共产党员的鲜血，今天我代表苏维埃人民政府，判处你的死刑！

客栈老板惊慌失措，不停地求饶。

董一山迅速从腰间拔出一把尖刀：你杀了我龙叔，现在我结束了你的狗命！

董一山说完，刷地一刀从客栈老板的胸前捅了进去。客栈老板顿时倒地了。

饶国良从包里拿出一张字条，上面写着：坚决镇压反革命分子。落款是中央苏区苏维埃人民政府。

70. 韩江　日/外

水路弯弯。萧冬和董一山划着木船在江面上飞驰。

71. 古城　日/外

城区。董一山跟着萧冬后面，在街上好奇地东张西望。

萧冬：一山，一会儿我把你带到我的朋友那里去。我要去另外一个地方办点事，晚上我会去找你的。

董一山：明白！那我可以去街上逛逛吗？

萧冬：可以，但是见了人不要随便乱说话。

说完，萧冬一个人走了。

72. 古城　日/外

江边。波光粼粼。宋子云和萧冬漫步在江边。

宋子云：怎么样？沿途的交通站还配合得可以吧？

萧冬：很好，特别是有游击队的帮助，我就放心多了。

宋子云：对了，茶阳交通站的饶三叔是一个值得信任的老交通员了，你们也很熟悉了，必要的时候你也可以让他协助你。

萧冬：哈哈！我已经见到他了，这次亏得有他，不然游击队还把我当敌特分子沉到韩江去了。

宋子云：斗争环境很复杂，同志之间的误会不免会有。另外，我们在青溪有一个交通员失踪了。

萧冬：是姓龙吗？

宋子云：是的，是一个水客。

萧冬：知道了，龙梅的爹，估计已经被敌人杀害了。

宋子云：唉！我们已经有好几个交通员被害了。青溪是一个重要的位置，龙大叔如果被害，我考虑一下，应该立即补充一个交通员上去。

萧冬：我已经给你物色好了。龙梅。

宋子云：她能行吗？

萧冬：完全没有问题。

宋子云：好吧！那就先暂时这样定了。

萧冬：好的！

宋子云和萧冬握手道别，然后两人分手了。

73. 江边　日/外

萧冬和董一山押着货物出城来到江边。江面上一片白雾。远处有渔船在流动。

一队人马将货物担上船，木船开始滑行。

74. 江上　日/外

萧冬和董一山两人在船上谈话。

萧冬：我们必须要水路与旱路交替走，不能总是走水路，这很容易被敌人阻击。

董一山：萧大哥，那你的意思是什么？

萧冬：明天我们的船一定要靠岸，从旱路上走一程。

董一山：明白！

75. 弯弯山路　日/外

萧冬和董一山都走得喘息不止。山，越来越陡。路，越来越窄。

一队人马在缓缓地走着。他们有的穿着马褂，有的戴着草帽，个个都走得气喘吁吁。

76. 青溪 日/外

龙梅坐在船边，一个人低头看着流水。

阳光从山坡上照下来，青溪格外清晰。云雾在山顶上轻轻地飘着。

龙梅一个人，百无聊赖的样子，轻轻地哼起了山歌：

半天下雨半天晴，斑鸠爱的刺架林。

鱼儿爱的河里水，情妹爱的勤快人。

突然，河对岸有几个女人在喊：过江啦！过江啦！

龙梅将船划过去，待船停靠岸边的时候，她抬头一看，不觉一怔。那个穿便装的女人正是叶玉娇，后面跟了四个伪装了的女土匪。

龙梅：是你？你来做什么？

叶玉娇：怎么？我就不能来青溪了？

龙梅：青溪没人认识你。

叶玉娇：龙梅，话不能这样说。你能脱离袁隆魁的魔爪，算你好幸运啦！可是，你也看到的，那天晚上在袁隆魁的屋子里，是我救了你的啊！

龙梅：那你的意思是，要我感谢你吗？

叶玉娇：你是我表妹，感谢就不须要说了，我只是问一个事情。

龙梅：什么事，你问吧。

叶玉娇：有一个做土产贸易生意的萧先生，来过青溪吗？

龙梅：没看到这样一个人。

叶玉娇：看没看到，也没关系，我只是告诉你，这个人可能是共军探子，你们最好不要跟他往来，否则对你们很不利。本来你哥饶国良就已经给共军做事了，国军目前没时间顾及这些小事，一旦打过来，他是没有好下场的。

龙梅：我哥做什么事那是他的选择，这个你管不着，你自己当了土匪，也不想想你自己做的什么事？青溪的人怎么看你！

叶玉娇：是的，我是当了土匪。青溪的亲戚们都在背后骂我，可是龙梅你想想啊，在青溪这地方，你们能平安地生活着，多多少少也与我叶玉娇有关吧？

龙梅：我家房子被烧，我爹失踪多时，我被袁隆魁抓到寨子去了，这是平安吗？

叶玉娇：那不是你也安全回家了吗？

龙梅：回家也不是你放我回家的。

叶玉娇：哦，对了，那是谁放你走了的呢？

龙梅：这个，我不会给你说的。

叶玉娇：那好吧！既然你不想说，那我也不问了。

叶玉娇说着，带领四个女土匪进山了。

77. 大麻滩　日/外

运输队进入大麻滩小街了。小街三三两两的行人走过。

萧冬对董一山：一山你让大家都歇息一下。你赶紧去租一乘轿子，再去买几口红箱子，带上滑竿，派人送到上河口去。对了，再买一套新郎官衣服，请两个唢呐客。

董一山：要轿子做什么？难道萧大哥你还坐轿子啊？

萧冬：别问了，赶紧去办吧。

董一山说完，就一溜烟走了。

萧冬陪一队人马在一个饭馆里吃饭。

萧　冬：大家慢慢吃，吃完好好歇息一下。

萧冬说完，走出小街，来到河边。

78. 大麻滩　日/外

小河围绕小镇绕了一个半圆，这是一个很美的小镇。

萧冬站在河边，远望着那层峦叠嶂的山峰，出了一口长气，往饭馆返去。

79. 大麻滩小街　日/外

萧冬回到饭馆，董一山已经回来了。

董一山：萧大哥，你吩咐的事情都办好了，东西都送到上河口了。

萧冬：那唢呐客呢？

董一山：也在上河口等。

萧冬：好！吆喝大家出发！

80. 山路　日/外

运输队伍一行走在山路上，在上河口，路边堆放了几口红色箱子。两个唢呐客站在路边等着。几个背夫在议论着。

萧冬：大家停下！全部将货物装在箱子里抬上走！

董一山：快点！按照冯老板的要求，赶紧装箱。

有背夫问：那轿子里装货吗？

萧冬：装！

于是，背夫们七手八脚地开始装箱。

萧冬：一山，你把新郎官的衣服穿上。

董一山：这，这，萧大哥你穿吧！

萧冬：不要推辞，快穿上吧！

董一山：萧大哥，你也真有办法！

一会儿，一队接亲的队伍吹吹打打地出发了。

81. 大盘垭　日/外

接亲队伍在山路上行走。董一山穿着新郎官的衣服走在前面，刚上到垭口，就被几个国军哨兵挡住了。

哨兵甲走过来：停下！停下！我们要检查！

董一山：长官，行行好，我们是接亲的。

哨兵乙：接亲，他妈的，我们在你们这鸟不生蛋的地方日夜为你们保平安，你们倒还舒服啊，又接亲又娶女人的。来！让老子看看新娘子长啥模样！

哨兵甲：好啊！看看新娘子啥模样，好久都没见过女人了。

两个哨兵一齐奔向轿子去。

董一山：长官，别，别，别！

哨兵甲刚拉开轿子门帘，一个巴掌响亮地打在脸上，顿时不知所措。

这时，萧冬从轿子里走出来：军部让你们放哨来的，不是让你们看女人的。

这时候，两个哨兵方才清醒过来。

哨兵甲：你，你不就是上次路过我们这里的萧参谋吗？

萧冬：哈哈哈！是你们啊？

哨兵乙：萧参谋对不起，对不起！

萧冬：哈哈哈！还真是你们，我上次路过这里，还喝了你们连长给我煮的鲜鱼汤呢！

哨兵甲：是呀！是呀！萧参谋你这是……

萧冬：这个啊！抱歉，我暂时还不能告诉你们。

哨兵甲：不好意思！不好意思！那今天萧参谋是不是再到我们连部歇息歇息呢？

萧冬：今天就算了，你看我们这人多，行李也多，不方便的。

哨兵甲：那好！萧参谋慢点走，回来路过时再玩。

萧冬：好的！好的！

萧冬：一山，我们走！

于是，接亲队伍又开始吹着唢呐走了。

82. 山腰　傍晚/外

运输队伍上到山腰，天已经快黑了。大家在一个破庙里停下来。破庙边有一条小溪，背夫们放了担子，有的去溪边洗脸擦身子，有的拿出干粮就着溪水吃起来，有的在溪边的草坡上躺着睡着了。萧冬才和董一山两人坐在溪边的石头上聊着天。

董一山： 萧大哥，你给国良是约的在哪里来接我们?

萧冬：大约就在大盘这一带。估计他们要明天早上才能赶到。

董一山：根据我对国良的了解，我分析他们今晚半夜就会来。

萧冬：可是，我们今晚看来只能在这里歇息了。

董一山：萧大哥，我倒觉得这个地方不宜久留。你看看这周围的地形，很容易窝藏土匪。

萧冬：我刚才在来的路上已经看到了。

董一山：萧大哥，大家都就地休歇息一阵，待恢复体力后就继续前行。

萧冬：可是，你看大家都累成那样，怎么继续走呢？先歇息一阵再说吧！

萧冬、董一山两人说着话，靠在溪边的石头上也不知不觉地睡着了。

83. 山顶 夜/外

夜空一团漆黑。

背夫们个个都睡得正酣。萧冬和董一山也侧身睡着了。

突然啪的一声枪响惊醒了所有睡眠中的人。

有人突然大喊起来：“土匪来了！”“土匪来了！”随后，破庙后面的山林里传来了密集的枪声。

萧冬睁开眼一看，一团漆黑。

董一山也惊醒了，急切地说：土匪来了，我们赶紧走吧?

萧冬：别急，先观察一下！你去稳定那些背夫们，我到庙后面去看看。

萧冬说着，赶紧跑到庙后面，只听到庙前东西两边一阵枪声互相对射。萧冬有些不知所措。他赶紧跑回庙前，董一山正在指挥背夫们将担架换成背篼装货物。

这时，密集的枪声将破庙震得晃荡，随着喊杀声，一支人群冲了过来，将另一支人群包围起来，只听到啪啪的打斗声和叫喊声。

黑暗中，一个土匪在说：妈的！你们是袁隆魁的人吗？别打了，我们是饶团总的人！

董一山：萧大哥，你听！这是怎么回事？

萧冬：好像有两股土匪？

董一山：有可能，饶光耀和袁隆魁，他们经常为了争地盘互相火并。

萧冬：我们赶紧做好准备。

黑暗中，背夫们个个抱头，躲的躲，藏的藏。枪声不断在黑夜里射出火星。

这时候，从侧面冲过来的人群迅速包围小庙。又是一阵打杀声，一群土匪被打得人仰马翻。

在黑暗中，只听有土匪说：妈的！袁隆魁你等着——

说完，一群人全部撤走了。

84. 山顶　日/外

天麻麻亮。这时，大家才明白，从侧面冲杀过来的人是游击小分队。

萧冬看见饶三叔：原来才是你们啊？都把我弄糊涂了。

饶三叔：哈哈！我就晓得会把你们弄糊涂的。这都是国良出的主意。

饶国良：我们化装成袁隆魁的土匪，刚刚走到这里，就遇到了饶光耀的人，这样可以给两股土匪造成相互冤仇。哈哈哈！

萧冬：这真是个好主意，一箭双雕。饶三叔，感谢你们保驾护航啊！

饶三叔：客气了！客气了！保护苏区的物资是我们大家的责任啊！

饶国良：萧大哥，我和饶三叔带游击队前面先走了，青溪等你们。

萧冬：好好！

三人挥手告别。

85. 山路　日/外

一支运输队伍，继续走在弯弯曲曲的小路上。

86. 车河坝　日/外

中午，运输队在一条小河边停下来。

河边，半间破房子，一只大黄狗在汪汪地叫着。萧冬和董一山商量着。

萧冬：一山，这样吧！我带一些人在这里稍微歇会，你们少背一些物资先走，我随这些背夫们走后面。你们到了青溪再换成走水路，所有货物全部装在龙梅的船上。

董一山：好。

董一山和几个背夫快步地走进密林里。

87. 青溪渡口　日/外

龙梅一个人坐在渡船上。

此时的青溪江面格外安静。除了江里的流水声，一切都在静谧的氛围中，但是龙梅仿佛心里有一些不知名的焦躁。一会儿望望山路，一会儿看看江岸。

88. 山路　日/外

董一山带领运输队伍来到青溪了。

董一山：龙梅，快把船开过来。

龙梅在河边答应：好哩！

龙梅将船快速地划到对岸了。

89. 青溪　日/外

在江边。董一山指挥大家七手八脚地将货物往船里装。正在这个时候，只听岸边树林里“呼呼”几声枪响，随后哗啦哗啦地冲出了一群人。

龙梅见状，赶紧拿起撑杆开始划船。这时，冲来的人群走出一个身穿军装的女人，她是特派员叶玉娇。

叶玉娇：龙梅，你这是给谁运送的货物？放下，我们要检查！

龙梅：我给谁送货物凭什么要你检查啊？

叶玉娇：龙梅啊！你可别忘记了，我们是民团的，袁营长有权检查过往货物。

这时候，人群中走出了袁隆魁。

袁隆魁：龙梅妹妹，你本事很大啊！你不仅从我山寨里逃脱出来，而且还做起这么大的买卖来了啊！运的是啥子？停下，我要检查！

龙梅正要说话，突然对岸一声枪响。

随后只听有人大声说道：有啥好检查的？这货物是运往苏区的！

大家一齐看过去，原来饶国良带领着游击小分队赶到了。

袁隆魁和叶玉娇被这一队突然出现的人马弄得有些不知所措。但一看游击队人数不多，突然口气硬起来了。

袁隆魁：哈哈！饶队长口气不小嘛！看来你是明目张胆地与国军作对啊！特派员你要不要过去见见你这位表弟呢？

叶玉娇：表弟啊！既然这货物你是运往苏区的，那我今天就要扣押了！

饶国良：叶玉娇！你敢！你信不信？你再在这里纠缠我就开枪了！

叶玉娇：哈哈！表弟啊！我学打枪的时候你还在青溪放牛吧？你说这话也不脸红？你看你们游击队哪一个不是泥腿子？你才摸了几天的枪，就敢跟我这军校出来的高才生说这样的大话？

叶玉娇正说着，饶国良啪的一枪打过来，叶玉娇正要还击，突然从岸边跑来一个人大喊：不要打！不要打！

大家一齐看过去，原来是饶甲长来了。

饶甲长在对面喊：不要打啊！玉娇不要打啊！

叶玉娇对着江岸的饶甲长：姑父！不是我要打啊！是你儿子饶国良要打！

只听饶国良对饶甲长喊道：爹，你来干啥子？这事情你不要管！

随后又噼噼啪啪地开了一阵枪。饶甲长不断地求双方不要打了。但是，已经开火了，顿时土匪和游击队对打起来。

龙梅和董一山继续抢渡过江。土匪人很多，袁隆魁和叶玉娇指挥着攻打对岸的游击分队。正在这时，远处江面上啪啪啪几声枪响，土匪以为背后受敌，惊慌地将枪头调转。这时，江上传来萧冬的喊声。

萧冬：不要打了！你们不要打了！

叶玉娇和袁隆魁也看到江上来的是萧冬。于是，便停下了开枪。饶国良和董一山也看到萧冬了。

萧冬快步走过来：彪哥，特派员，你们怎么打起来了呢？

袁隆魁：萧老弟，这批货物是运往红区的！

萧冬：哈哈！彪哥，你搞错了啊！这批货物是运往红区的不错。但是，这货物可是我的啊！

袁隆魁：啊？你的？

萧冬：是呀！我上次来这里收土产，得知目前红区急需一些物资，于是我就顺便带来一批货，赚点钱花花，彪哥也有你的份！

袁隆魁：哦！原来是这样啊！

萧冬：对了，彪哥，你上次委托我的事啊，兄弟也给你办到了！

萧冬说着，又对龙梅：龙梅！把船开过来。

萧冬走向船，将一个担子打开，对着袁隆魁说：来！叫两个小兄弟过来取东西。

袁隆魁仿佛还没明白过来，这时候看到两个小土匪搬着两个大箱子过来，放在袁隆魁跟前。

萧冬笑着对袁隆魁说：打开看看！

袁隆魁命令小土匪：打开！

几个小土匪打开木箱，顿时，出现在袁隆魁和叶玉娇面前的是一箱让他们兴奋不已的子弹和两把手枪。

萧冬拿起一把大手枪，交给袁隆魁：给！彪哥，这个给你！

又拿起一把小手枪对叶玉娇说：特派员，这个给你。

两人惊喜地把玩着这崭新的手枪，又看看这一箱子弹，高兴得不得了。

萧冬又从包袱里掏出一张纸，对叶玉娇说：特派员，你给彪哥看看这是什么。

叶玉娇接过那张纸，是一张委任状。

叶玉娇：袁营长，不！袁团总，你被任命为大埔县民团团总了！

袁隆魁仿佛是在梦里，半天也没有回过神来。过了很久才快步上前，握住萧冬的手。

袁隆魁：兄弟！你真让我佩服得五体投地，我要怎么才能感谢你呢？

萧冬：给彪哥办点事，应该应该！

袁隆魁：真的太感激了！

袁隆魁说着，对着那群土匪说：走！放行！以后凡是萧老弟的货物全部放行！

萧冬对着龙梅、董一山几个人挥挥手。

萧冬：赶紧开船吧！还愣着干什么啊？

顿时，渡船运载着一船货物快速地划向江面的远方划去。

对岸的饶国良、饶甲长和游击队员们看得目瞪口呆。

90. 韩江　日/外

江面。一艘木船箭一样滑行在江上。远方，江雾缭绕处，传来一阵歌声：

太阳落江四山黄，我给苏区送衣裳。

衣裳送给红军穿，只盼红军打胜仗。

91. 江面　日/外

龙梅像一个小孩一样，兴奋地划着船，船头坐着萧冬。

萧冬：龙梅啊！

龙梅转过身露出一张笑脸来。

龙梅：萧大哥你叫我？

萧冬：是呀！我看你今天特别像一个小孩。

龙梅：哈哈！是吗？可是我已经不小了。

萧冬：也是！十八九岁的姑娘不算小孩了，像你这样大的姑娘很多都出嫁了。对了，你怎么还没想这个事情呢？

龙梅：不想！

萧冬：为什么？

龙梅：不想就是不想啦！还要问为什么。

萧冬：对了，我看一山这小伙很不错。

龙梅：他是不错。可是，这跟我有啥关系呢？

龙梅脸上突然出现一丝不悦。萧冬看着龙梅有些生气，突然记起了什么事一样，忙从包袱里取出一瓶雪花膏和一些姑娘们装饰用品。

萧冬：对了，龙梅，我都忘记了，我这次去潮汕，买了一些东西，你看能不能用得着？

龙梅：啊！这是给我的吗？

萧冬：只要你能用得着，就全给你。

龙梅：啊！给我的？真的啊？

萧冬：真的！

龙梅接过萧冬递过的东西，羞涩地一低头，将东西抱在怀里，船也停止了滑行。

萧冬望着开心的龙梅，若有所思。

92. 青溪龙梅家　日/内

萧冬、饶国良、饶三叔、龙梅和董一山几个人在商量。

饶三叔：现在第一批物资基本算顺利地运送到了苏区。但是，后面我们的斗争会更加残酷，敌人一旦得知我们的计划就会千方百计地进行破坏。

萧冬：所以，接下来的任务是消灭土匪势力，打击敌特分子。在我们身边有敌特分子每时每刻在注视着我们的行动，不消灭他们，我们后面的运输依然存在很大障碍。

饶三叔：以我看，目前袁隆魁这股土匪应该不是问题了，关键是饶光耀。

萧冬：袁隆魁虽然是个鲁莽汉子，但他身边的特派员很有心计。我判断，她与当地的敌特分子有关系。这次运输物资，必然也会引起她的怀疑的，并且国军方面也会很快知道。

饶国良：那下一步我们怎么办？

萧冬：目前，饶光耀和袁隆魁两股土匪已经对立了。袁隆魁被任命为大埔县团总，饶光耀必然不服。所以，这两个家伙最后肯定火并，我们不管他们了。现在我们的任务是肃清敌特。

饶三叔：我觉得佛顶山那个老道有些问题。

萧冬：我也有怀疑，一旦确定老道的身份，我们立即捉拿他！

93. 飞鹅岭　日/内

匪巢，大堂里。袁隆魁和叶玉娇两人在把玩着萧冬给他们送的新手枪。

袁隆魁：还是萧老弟够义气，满足了我的几个愿望！

叶玉娇：江湖人做事都讲一个信用，哪像你们这些土匪习性，翻脸不认人？

袁隆魁：我是那样的人吗？

叶玉娇：起码饶光耀是这样的人。

袁隆魁：饶光耀是饶光耀，我是我，你不能把我和他扯一起！

叶玉娇：我看你们俩没有什么差别！

袁隆魁气得不说话了。这时，一个小土匪进来报告，递给袁隆魁一个红帖子。袁隆魁又递给叶玉娇。

袁隆魁：你看是写的啥子？

叶玉娇拆开一看说：哈哈！饶团总13日祝寿。请我们去喝寿酒。

袁隆魁：妈的！这样的事情记起我了。我还喝寿酒，我去给他送葬去！

94. 佛顶山　夜/外

黑夜。到处一片静寂。只有山林里的麂子不时发出凄厉的叫声，使夜空很是恐怖。

饶三叔和萧冬、饶国良及几名游击队员趴在外午子山的丛林中，观察着午子山的情况。一会儿，夜色下一个黑影从外面渐渐走来。萧冬和饶三叔两人紧张地注意前方。

黑影走到山门外，击掌三下。这时山边走出又一个黑影。两人在石墙门口低语了一会儿，正要往里走，饶国良一挥手，立即，几名游击队员箭一般冲过去，大喊“不许动”，站在外面的黑影正要逃跑，被几名游击队员一把揪住。另一黑影飞一样跑进了道观内。

饶国良指挥几名游击队员：包围道观！

顿时，小分队分为三组散开，围住了这个破旧的道观。

游击小分队摸索着来到道观门口的，里面一团漆黑，没有一点声音。他们悄悄地进行搜索着，在道观的后院，发现了一条通道。

萧冬：跑了。

饶三叔：这个老狐狸，他一定跑不了的！

饶国良：这个老怂！

95. 茶阳镇　夜/外

饶三叔正将船从江上靠近岸边，他收拾好船上的东西，推开低矮的房门，突然一个硬东西顶住了他的头。他正要转身，突然传来一个人的声音：别动！再动就打死你！

饶三叔还是转过身了，他看见一个黑衣蒙面人拿枪对着他。

蒙面人：老东西，我知道你是共产党的交通员。说，还有谁是你的同伙？

饶三叔：你是谁？你要干什么？

蒙面人：你不要管我是谁。说说还有谁是你们的地下交通员？

饶三叔以掩耳不及迅雷的速度迅速拿过一把铁锹向蒙面人打去，随着铁锹落地，一声枪响，饶三叔应声倒地。

蒙面人立即转身跑进了夜幕中。

96. 密林破庙　日/外

叶玉娇正在和一蒙面神秘人说话。

蒙面人：你的工作让上峰非常失望！你不仅没有劝降袁隆魁，而且还放行了给苏区运送的物资。你作为一个特派员，你的原则去哪儿了？党国培养了你这么多年，并且还有望提拔你，可你置党国利益而不顾，还同一个不明不白的人儿女情长，我提醒你，你已经到了十分危险的地步了。

叶玉娇：可是，党国考虑过我的感受了吗？我一个年轻女子，军校的高才生，长年累月跟一群土匪住在一起，党国也不要忘记了我还是一个女人，一个有七情六欲的女人！

蒙面人：在党国的利益面前，我们不能有任何个人情绪，也不允许有任何事凌驾于党国利益之上。

叶玉娇：可是，为了党国的利益，我不仅牺牲了我的青春，我的大好年华。而且我已经遭到家人和宗族的鄙视，成为一个众叛亲离、臭名在外的土匪了。党国知道吗？

蒙面人：你现在是党国的人，你没有任何资格谈个人条件！

叶玉娇：如果再让我这样下去，我宁愿不被党国提拔！

蒙面人：特派员，你不要忘记了你的身份，你已经完全失去了党性，你的想法，将会给党国带来巨大的危害！好了，你请回吧！

叶玉娇气愤地转身走去。蒙面人拔出手枪，啪的一枪，叶玉娇应声倒地。蒙面人箭一般冲进密林跑了。

97．山路 日/外

神秘的蒙面人提着手枪在山路上慌慌张张地走着，一会儿望望后面的路，一会儿又看看左右两边的山林。

98．青溪码头 日/外

河水打着漩涡一浪一浪地向着下游流去。

河边停着一只木船。船头静静地坐着一个身穿花衣头戴斗笠的人。

99．山路上 日/外

蒙面人不紧不慢地在山路上走着。但是，从那神色看去，内心依然无比慌张。此时，他正往青溪渡口走来。

100．青溪码头 日/外

蒙面人出现在江边。他快速地上了船，用低沉的声音说道：开船！

那开船人站起来，一竿将船划到了江中间，这时才摘下头上的斗笠，原来他是萧冬。蒙面人一看这个身穿花衫的原来是一个男人，惊慌失措，立即从腰间去掏手枪。此时，从江边的树丛中飞出一个人来，她将一支竹竿撑在河中心，一个鹞子翻身，嗖的一声蹦到了木船上，她是龙梅。由于巨大的冲击，龙梅撞倒了正在掏手枪的蒙面人，木船顿时失去了平衡，蒙面人一下掉进了滚滚江中，手枪也不知飞到了哪儿，双手在水中张扬，口中呼喊着。萧冬快速地将船划近蒙面人。龙梅一把将竹竿伸过去，蒙面人紧紧抓住龙梅伸去的竹竿，但是，龙梅握紧竹竿一下将竹竿插到水底，又一下将竹竿抽起来，蒙面人也随着竹竿一起一伏，几下就被水呛得狼狈不堪，直到蒙面人已经筋疲力尽，龙梅才将他拉近船边。这是，萧冬早已经准备好了一条绳子，套住蒙面人的脖子，然后又在他的两只胳膊上绕了几圈，在背后打了一个结，一把将蒙面人从水里提了起来，蒙面道具也掉下来，蒙面人现了原形，原来是佛顶山的老道。

101. 山崖下　日/外

萧冬和袁隆魁在山崖下见面。

袁隆魁：兄弟有什么急事，把我约出来？

萧冬：游击队活捉了佛顶山的老道。

袁隆魁：老道？老道与我有球相干。

萧冬：有相干。

袁隆魁：为什么？

萧冬：这个老道是国军的一个老牌特务，特派员和他有联系。

袁隆魁：怎么可能哟！你是怎么知道的？

萧冬：我从游击队那儿听来的。

袁隆魁：啊？那特派员这个事我怎么不知道呢？

萧冬：这是他们的纪律，你当然不知道。特派员还没回来吗？

袁隆魁：到蕉岭饶光耀那里去了。

萧冬：彪哥，特派员没有去蕉岭。

袁隆魁：那她去哪儿了？

萧冬：跟老道接头去了。

袁隆魁：不可能！我们约好我后天去蕉岭给饶光耀祝寿，特派员顺道跟我们一同回飞鹅岭。

萧冬：特派员回不来了。

袁隆魁：什么？特派员回不了啦？被饶光耀那个狗日的扣了吗？

萧冬：被饶光耀派人杀了。

袁隆魁：啊！杀了？！

萧冬：饶光耀的蕉岭团总被免，据说是特派员操纵的，这事把饶光耀惹怒了。再加上饶光耀垂涎特派员多时也未得逞，他便起了杀心。所以，在特派员同老道接头的路上被饶光耀派人暗杀了。

袁隆魁：你是怎么知道的？

萧冬：老道交代的。

袁隆魁：妈的！饶光耀这个狗杂种也太歹毒了嘛！竟然杀了我的人！

萧冬：饶光耀这个人非常不够义气，你们两个注定不能合伙。尤其你当了大埔县民团团总，他更不服你了！

袁隆魁：妈的！他想做什么？

萧冬：他想吃掉你！

袁隆魁：吃掉我？

萧冬：你后天要去给饶光耀祝寿？

袁隆魁：是呀！

萧冬：这是个机会，彪哥，你自己把握。

袁隆魁：好！兄弟，我明白了！

102. 茶阳镇　日/外

老街人来人往。游击小分队突然出现在“茶阳酒馆”，酒馆被包围了。

饶国良带游击队押着酒馆老板出来了。

街上的人拥挤着观看。有人在说：抓特务啊！

103. 山路　日/外

袁隆魁带着一队人马快速地奔去。

袁隆魁：大伙儿就看我的眼色，看我甩杯为号，先干掉饶光耀和黑二。

众匪徒：知道了，反正我们就看团总你的眼色行事。

袁隆魁：动作要快，要麻利！

众匪徒：知道了！

104. 青溪龙梅家 日/内

萧冬正在和饶国良两人悄悄地商量事情。

萧冬：袁隆魁在饶光耀祝寿的时候，把饶光耀杀了。其余土匪走的走，散的散，没有走的都归顺袁隆魁了。

饶国良：那目前交通线上的障碍基本清除了，就剩袁隆魁了。

萧冬：从当前来看，袁隆魁对我们交通线的顺利通畅威胁不是很大，但他毕竟是土匪，我们不能麻痹大意。

饶国良：后天是我爹的生日，我想利用我爹甲长的身份，请他这个团总来赴宴。

萧冬：好！这是一个很好的擒拿他的机会。这样吧，这次的行动你就不要出面了，你的目标太大，让几个游击队员化装成远方的亲戚，同时来祝寿。

饶国良：这个主意好！

105. 饶家圩 日/内

整个院子都是筹办饶甲长寿辰的气氛。

不一会儿，袁隆魁带着卫队来到饶甲长家里。饶甲长急忙走出去迎接。

饶甲长：啊！袁团总到了？有失远迎，有失远迎啊！

袁隆魁：饶甲长今日寿辰，我袁隆魁也没有啥礼送。

袁隆魁说着，让卫队将两个猪腿、山货之类给饶甲长送了去。

饶甲长：哎呀！袁团总，你这真是见外了啊！

袁隆魁：我袁隆魁在饶甲长管辖之地，哪能空手来看您呢？一点小意思，不成敬意，望饶甲长笑纳！祝饶甲长福如东海，寿比南山！

饶甲长：好好！袁团总真是礼数大啊！

袁隆魁话语一转：怎么？饶甲长的寿辰，不见你儿子回来？

饶甲长：他啊！不孝子女啊！不说他，不说他，袁团总上位坐。

董一山和游击队几个人坐在另外一个桌子上，边喝酒边斜眼观察着袁隆魁，互相交换着眼神。

袁隆魁一边应着饶甲长的话，一边招呼自己的卫队一席坐下。他在不住地观看着别的客人。饶甲长陪着袁隆魁在一个桌上喝酒。酒过三巡，袁隆魁端起酒杯来到游击队一酒桌去敬酒。

袁隆魁：来来！这些都是哪儿的远客？既然来给饶甲长祝寿，那我们都不是外人，我敬大家一杯！

董一山和几个游击队员端酒杯站起来，不巧其中一人的手枪掉到地下，啪的一声。袁隆魁看到有枪掉地，顿时大惊。董一山看事情暴露，将计就计，拔出手枪就是一阵射击。袁隆魁早有防备，他一把拉过饶甲长挡住自己，边射击边往外跑，到了门外，他放下饶甲长就飞一样地跑了，后面紧跟着一排枪声。

酒席被打乱一团，袁隆魁的几个卫队，死的死，伤的伤，被全部就擒。

袁隆魁趁众人打乱，慌忙逃跑。董一山紧追不舍。

狡猾的袁隆魁临时躲在石头上面，董一山紧追过来，袁隆魁瞬间将一块石头向董一山的头上砸去……

106. 董家院子　日/外

众人在悼念董一山，龙梅哭得一塌糊涂。

萧冬和饶国良在一旁劝解。

107. 韩江　日/外

江面上，萧冬和龙梅在划船。

水路弯弯，雾海茫茫。龙梅感觉有些神不守舍的样子。

龙梅：萧大哥你真的不再来了吗?

萧冬：我有其他新的任务了。

龙梅：可是……

萧冬：龙梅，跟你哥一起去中央苏区吧！

龙梅眼里冒出了泪水来。她立即从包袱里拿出一个棉布包着的东西来，递给萧冬。

萧冬：是什么？

龙梅：你自己看吧！

萧冬打开棉布，是一双绣着一对鸳鸯的鞋垫。萧冬沉默不语。

108. 茶阳山外　日/外

萧冬、饶国良和几个游击队员在一座新坟前烧纸。

坟前一个木牌上写着："饶德福之墓"。

109. 董家圩　日/外

萧冬、饶国良和几个游击队员在一起。

萧冬：国良，我这是最后一趟送物资来了，以后就不再来了。

饶国良：为什么？

萧冬：我有新的任务了，另外，中央苏区也可能要实行战略转移，这条交通线不久也会暂停使用。你们也做好准备，带上龙梅和游击队去苏区找红军吧！

饶国良：好的！我安排好，萧先生这一走，我就带他们去中央苏区。

萧冬：好的！那我走了，后会有期！

饶国良：后会有期！保重！

萧冬和饶国良等紧紧地握了握手，然后道别了。饶国良和游击队员们站在江边大树下，一直看着萧冬的船驶入白茫茫的江中心。

110. 青溪　日/外

早晨。雾岚像轻纱一样覆盖在河面。河水静静流淌。

龙梅穿着崭新的衣服，撑着篙竿，船上坐着身背包袱的萧冬。木船缓缓地向河中心驶去。船行至对岸，萧冬下了船，登上了另外一艘大船。他转过身微笑着向龙梅挥手。

龙梅挥手道别，瞬间，泪水模糊了双眼。

萧冬放下手，毅然转过身去。

龙梅一直站在船上，望着冬的萧船沿着山路缓缓走去，一直走进蓝天白云里……

此时，青溪传来龙梅的歌声：

阳雀叫唤四山黄，我送哥哥走远方。

十字路口搭架子，哥挂心肝妹挂肠……

111. 字幕：

这条由上海、香港、汕头、大埔、永定、龙岩、长汀、瑞金连成的红色交通线坚持了六年时间，不仅为中央苏区运送了大量的医药物资、枪支弹药，而且还护送了刘少奇、周恩来、邓小平、刘伯承、陈云、董必武、聂荣臻、胡耀邦等一大批中央领导人，在风起云涌的土地革命时期，成为服役时间最长的交通线。

——剧终

作者简介

舟樯（翟舟樯），籍贯陕西，现居佛山黄岐，影视编剧、导演、作家、艺评人，中国电影文学学会会员、广东省作家协会会员、佛山市作家协会会员。现出版有散文集、电视作品集、电影文学剧本、艺术家传记、艺术评论集、诗集等15部，有数部剧本已被拍摄成电影发行，其中电影《秘密暗线》入选陕西省重大文化精品扶持项目。

小戏小品

XIAOXI XIAOPIN

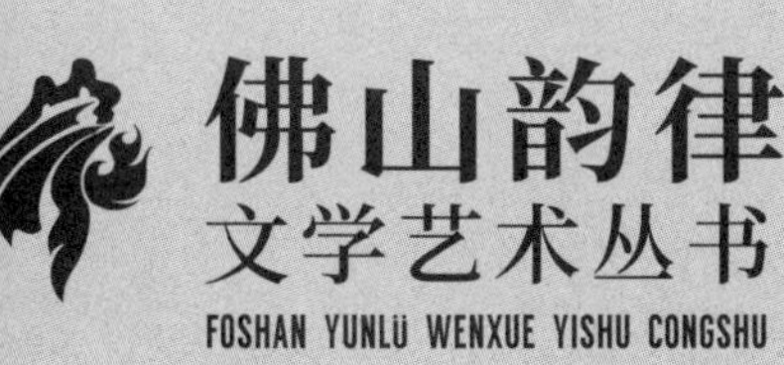

寻找大眼睛

林　靖

时　间　当代

地　点　某医院医护室走廊

人　物

孙　叔：50岁左右

赵医生：女，40岁左右

张　姨：42岁

小　勤：24岁

［舞台后面布板写着“住院部”，左边摆设一张医院走廊的休息椅、右后侧为医护室的里间，摆设着一张桌子，上面有简单的医疗器械。

［孙叔怀里揣着一个大信封，一边对手机大声嚷嚷一边上。赵医生坐着轮椅、穿着病人衣服上。

孙　叔：我都找了老半天了，就是不知道谁是哪个医生！（停一下）我光知道她大眼睛，可这里的人眼睛都那么大。你这个小子，在我住院时让你送红包你就是不送！还骗我说已经送了！（等一下）什么，不收？不收你就想办法让她收啊！

［孙叔一转身，不小心把信封掉地上了。孙叔不知道继续说，赵医生看见地上的信封，想用力地捡起来却捡不着。向孙叔呼唤。

赵医生：哎——

孙　叔：你还怪我？我那时病得昏昏沉沉的，啥也看不清，他们又都戴着口罩，样子都差不多，我就看见两个大眼睛。现在可好，我根本都认不出她来了，你说让我怎么送！（再看表）糟，就要到时间了，不和你说了。

赵医生：老伯，东西是你的吧？

孙　叔：哎哟，我的东西！（上前拿回信封）这可是要送给赵医生的，幸好！谢谢你！谢谢你！

赵医生：（才看清孙叔，记起他来，提高声调）哦，你是……（忽然若有所思、降低声调）你是……要送东西来的？（于是决定不告诉老人）

孙　叔：对呀，这是要送给大眼医生的。（抬头一看，大叫）咦，大眼睛！

［声音吓了赵医生一跳，孙叔马上上下打量一下赵医生，失望了。

孙　叔：哎，又弄错了，你是病人！你看我你看我，为了找大眼睛医生，就知道盯着别人眼睛看！哎哟！怎么你的腿摔坏了？

赵医生：没有，我的腿——没多大事。

孙　叔：（紧张地）哎，都坐轮椅了，还没多大事。来这治病的吧？你来对啦！当初我比你更厉害，都用担架抬着横着进来的，我还以为没救了，结果呢，（高兴一拍大腿）嘿！还不是竖着出去？！

赵医生：（关切地）哦，你的腿现在没事吧？

孙　叔：没事啦，没事啦，多亏了大眼睛医生。所以啊，你不用害怕！你知道我当初怎么进来的？

赵医生：是——（话吞了回去）嗯，（笑了）猜不着。

孙　叔：我是从二楼摔下来的！哎哟妈哟，这跤摔的，我是大腿骨、颈骨、手骨、腰骨、反正全身的骨头都散了——

赵医生：（笑了）有那么夸张吗？

孙　叔：何止呀，当时我就想这把老骨头就这样报废了吧，好在有大眼睛医生，嘿，可厉害了，（动作幅度夸张地）她把我的腿这样一牵拉、把我的腰这样一推拿、把我的头这样一拧动、把我的手这样一拉甩——

赵医生：啊？黄飞鸿哪？！

孙　叔：（不好意思吹大了）不是黄飞鸿，她这叫什么手法？

赵医生：叫手法复位！

孙　叔：对手法复位，反正就是这么天天拉拉扯扯让她拨弄几下。你看，又蹦蹦跳了！（跳几下）

赵医生：（笑道）又成孙猴子啦！

孙　叔：（乐了）对啊，我本来就是姓孙嘛！哎，您别说，大眼医生真是比孙猴子还厉害啊！我可真的想好好谢谢她！等我找到她，我帮你介绍介绍，让她给你治。

赵医生：您的好意我领了。我没啥事。

孙　叔：（嘟嘴）都坐轮椅了还没啥事！姑娘，你这种态度可不对，对待疾病要积极治疗！我帮你找她，保管给你治好！

赵医生：（笑了）好好好！让她给我治！

［张姨戴着口罩、穿着饭堂的白衣服、看着手里的铁夹子上，被孙叔发现，马上围在她身边上下打量，弄得她左右走不了，哭笑不得。

孙　叔：咦，眼睛大大……好像是她！（试探地对张姨说）还记得我吗？

张　姨：（抬头看清了孙叔）哎哟！怎么是你啊？

孙　叔：（惊喜地）嘿嘿！你认识我！

张　姨：我怎么不认识你呀，你不是39床严重骨折的病人嘛！咦？你不是已经出院了吗？

［赵医生艰难地一点点地从轮椅上站起，就要迈步。

孙　叔：她认得我，没错！（对赵医生）嘿！她就是大眼医生！嘿！你怎么站起来了？咳！真神了！大眼医生还没帮你看病，只看了你一眼，你就会站起来啦！（对张姨）谢谢你的话我一会儿再说，您先快看看她。（指着赵医生）您看好办吗？

张　姨：（莫名其妙）什么事呀？

孙　叔：那、那不就是骨头的事嘛！您不是最拿手吗？

张　姨：骨头？哦，对，我最拿手。

孙　叔：（高兴地对赵医生）你看没错吧，她就是又能干又热心！（对张姨）那您快说说看，（指手画脚说不清楚）那、这、骨头！该怎么弄最好？

张　姨：怎么弄骨头？好弄啊！骨头有很多种的，你看这是什么？（拍一下他的肩膀）

孙　叔：（响亮地）肩膀！

张　姨：错！这是扇子骨。看，这是什么？(指着屁股)

孙　叔：（犹豫）屁股？

张　姨：错！这是盘骨！再看，这是什么？

孙　叔：大，大腿？

张　姨：错，这是直筒骨。把手伸过来。

［孙叔好奇地把手伸过来。

张　姨：这是什么你知道吗？

孙　叔：（懵了摇头）不知道。

张　姨：手指头！

孙　叔：哎哟喂，真是行家一伸手，便知有没有。你知道的可真多。

张　姨：这些骨头，都好弄！

孙　叔：你看，真是医术高明！

张　姨：首先呢，把骨头先洗干净，这些骨头不是还有些肉沾着吗，不要把肉去掉。

孙　叔：对！不能去掉！（听得不对头了）啊？！

张　姨：洗干净了，（狠狠地）就这么把它们全部用力，剁、剁，剁！全部剁开！剁碎！

［孙叔张大了嘴巴，赵医生偷笑。

孙　叔：啊？您要把它们剁剁剁、剁碎？！这、这么恐怖？

张　姨：对啊！还要加上些葱啊、姜啊、蒜啊——

孙　叔：啊？等等等等！您这是干吗？这哪是对病人啊？这简直是煲汤啊！

张　姨：对啊，就是煲的猪肉骨头汤，今天饭堂的老火例汤！

赵医生：（实在笑坏了）孙叔，您弄错了，她不是医生，她是饭堂的张阿姨！

孙　叔：啊？你不是大眼睛医生？那、那你干吗说这骨头的事你最拿手啊？

张　姨：对啊，骨头的事我当然最拿手啊！我是最拿手煲骨头汤啊！

孙　叔：啊？那你手上为什么拿着病历？

张　姨：病历？咳！你看，这是今天的订餐表！得，不和你们瞎聊了，我要忙着为病人订餐呢！

［张姨下。赵医生又慢慢地站起来，扶着长凳背缓慢地走动。

孙　叔：啊？弄了半天，她不是医生啊？！咳！（不好意思挠头）你瞧我——

赵医生：（笑了）孙叔，您就别再为我找大眼医生了，这儿的医生都能干，都能治好病人！谢谢您的关心了！

孙　叔：不，我也要找她呀，（看见小勤）咦——等等！

［护士小勤从右后侧的医护室拿着一短夹板上，到桌子处摆弄着医疗器械。孙叔见到她又眼睛发亮。跟上看了半天高兴了。

孙　叔：（对小勤）哈哈，看你往哪跑？大眼睛！

小　勤：咦，这不是孙叔吗？你不是出院了吗？

孙　叔：（以为自己找对了，笑道）出院了就不能再来了？！认出我来了？还不找到你？你知道我来干吗了？（扬扬手里的信封）

小　勤：（扮正经地）知道，知道。就知道你又要来送红包了！住院期间，你就三番五次让你儿子给医生送红包，我们都批评你了，后来他为了你能安心治病，还骗你说红包已经送出去了？！

孙　叔：（不好意思地）那时还不是怕你不好好给我治病吗？！

小　勤：医护工作者是不能收红包的，你不是要我们犯错误吧！

孙　叔：不、不是，大眼睛医生，我不是哪个意思——

小　勤：（笑道）我是护士，不是你的大眼睛医生！

孙　叔：（失望地）啊，怎么？你也不是大眼睛医生？！我还是认错了？

小　勤：不过——我知道你要找谁！

孙　叔：真的，快告诉我她是谁！

小　勤：（调皮地）她就是——（指天指地）不告诉你！不然你又要送红包了，好啦，（扬扬手里的夹板）我要赶着给23床上夹板了。

赵医生：（一听不对头。在凳背后说）等等，23床？！他是胫骨骨折啊，你拿错了，你这是短的夹板！

小　勤：（一看夹板，还没看见赵医生）哎哟，对啊，我这脑袋！忙昏头了。

赵医生：你怎么这么毛毛躁躁的，这怎么对病人负责啊！

孙　叔：（对赵医生）哎！我说你凭什么指挥人家啊？你一病人比人家医护人员还清楚吗？

［小勤回头发现了赵医生，马上过去搀扶她。把她扶到轮椅上，就要推她走。

小　勤：（不高兴地）对，你是病人，怎么不好好待着？怎么又跑出来了！

赵医生：我、我随便走走！

孙　叔：哎，护士姑娘，怎么你也这么凶啊！她腿不好你应该让她多活动活动散散心才能早日康复吗？

小　勤：（不悦）她哪是腿不好呀，她是腰病。你现在的病就要好好回去卧床休息。

孙　叔：（紧张地）你腰不好？什么病呀？

小　勤：什么病？！（赌气地）长期劳损，休息不够，辛苦劳累得腰肩盘突出！职业病！

孙　叔：你干的什么职业呀？

赵医生：（拍拍推轮椅的小勤的手使眼色）我干的是很普通的工作，不过它能帮助别人解除痛苦。

小　勤：是能帮别人解除痛苦。但您自己的痛苦呢？多少次了，您干得腰都直不起来了，累得腿都迈不开了。还是不肯休息！

［赵医生着急地直摇头，孙叔皱着眉头开始怀疑。

小　勤：就说这次吧（指着孙叔继续埋怨赵医生），你说他身体素质不好，抵抗力差，能够保守治疗就不开刀，于是帮他牵引复位，复位后他的膝关节僵硬，您硬是天天帮他推拿按摩直累得自己的腰——

赵医生：（大声地）你快别说了。

孙　叔：等等！（指着大眼睛医生）你，你这是说谁呀，怎么好像在说大眼睛医生？还有我记得在我病得最厉害时，整晚发烧，大眼睛医生好像连续几天没回家整日整夜地留在病房观察我，还对我说，"坚持就是胜利、过了感染关，就会好啦"。

小　勤：（动情地急速地）是啊，那几天您为了照顾他，连自己女儿升中考都没时间去关心、照顾。连孩子打电话来都没时间去接一下。你知道您女儿在电话里让我转告一句什么话吗？（大声地）她说："我长大了绝不当医生！！"——

［充满感染力的音乐顿时弥漫整个空间，三人都停顿了，小勤忍不住了转身过去抹眼泪。孙叔看着这一切，呆了，赵医生无言，半天才动情地而又很平静地说道。

赵医生：（深情地）小勤呐——谁让我当初选择了医师这份职业呢！

孙　叔：（缓缓地怀疑地）小勤？医生？眼睛？（恍然大悟，对小勤急急地）姑娘、麻烦你帮我拿个口罩好吗？

小　勤：口罩？！

孙　叔：（热切地）对，请你看在一个充满敬意的病人的分上，给我一个口罩！

小　勤：我明白了！

［小勤跑到工作台上迅速拿了一个口罩帮赵医生戴上，孙叔终于认出了赵医生，感动不已。音乐缓缓起。

孙　叔：是你，真的是你！我这次终于没错，（激动地拉着赵医生的手深情地）你没戴口罩时，脸色憔悴，充满劳累，我认不出你，但你戴上了口罩，你的眼睛却依然是那样明亮，那样充满爱心，大眼睛医生！我找了半天，原来你就在这里！

赵医生：孙叔！

孙　叔：真的非常感谢你啊，你看你现在这样，我、我对不起你啊——

赵医生：孙叔！我是一位医务工作者，更是一名共产党员！这没什么！

小　勤：是啊，孙叔，只要赵医生肯好好休息，身体会很快恢复的。

孙　叔：（想起来了，忙拿出信封）来，大眼睛医生！这是我的心意，您一定收下！

赵医生：孙叔！不行！这万万不可以！我不是和你说过了吗？我们医护人员是坚决不能收红包的。你的心意我懂！

孙　叔：（固执地）你不懂！我以前要儿子塞红包给你，我错了，可这不是红包！（慢慢将红包打开，拿出节目单）你看！

小　勤：节目单？

孙　叔：对！节目单！我实在感谢你们呀，要不是你们我已经瘫在床上了。我明白了你们不会收礼，所以我学着那些年轻人，写信到电台，点了一首歌送给你们，表达我所有的感激！

小　勤：原来你的红包是一首歌呀，孙叔你可真有心思！赵医生，我看这个红包你可以收下吧。

赵医生：这、好！我就收下你这特殊的红包！

小　勤：太好啦！孙叔，你点歌的节目几点开始啊？

孙　叔：（高兴地）还早，三点半！

小　勤：（看表）咦，时间已经到了！快！咱们一起来听！

［孙叔拧开了收音机，三人高兴地屏息听着。

［灯光暗，追光聚焦在三人身上，音乐起，画外音电台传来主持人亲切深情的话语。

画外音：（声音渐强，表示节目已经进行当中）……一位女孩把这首歌送给她当医生的妈妈，她要对妈妈说："对不起，妈妈我错了，我为有你这样的妈妈而感到骄傲。"同时一位骨折康复患者也要点这首歌谢谢他的主诊医生，他说尽管他不知道医生的样子，但却知道她有着一颗善良的充满爱意的心，和一双大大的明亮的眼睛……

[歌曲《最美的美丽》

（本剧2019年获年广东省群众文艺作品评选戏剧类二等奖）

礼 物

李华丽

时　间　当代

地　点　客厅

人　物

张国明：男，49岁，某局局长（剧中不用上场）

张国强：男，46岁，张国明的弟弟

红　英：女，40多岁，国明妻

兰　姨：女，70岁，张国明的母亲

快递哥：男，20多岁，过场者

干　警：男，20多岁，孤儿

［幕启

［客厅里有一面背景墙，前面摆放着一张桌子、沙发一套，其他道具有：椅子、花、茶杯、壶、鸡毛掸子、围裙、报纸、礼品、蛋糕、菜、新衣、包裹、购物卡

［追光至舞台右侧。兰姨从舞台右侧出来，打手机，手机里传出：你

打的电话不在服务范围，请稍后再拨——

［门外有脚步声由远而近，自弱而强，然后自强而弱。

兰　姨：（侧起身，听，失望）呀，大儿子都一个多月没回来了，电话又打不通。

红　英：（提着一篮菜，忘记带钥匙，喊，按门铃）妈，开开门，我是红英。

兰　姨：（听到门铃，起身）来了，来了。（开门）

红　英：（一进门）妈，生日快乐！

兰　姨：快乐，快乐，呵呵，家嫂，你有没有国明的消息，他的电话总是打不通。

红　英：妈，放心，他这次外出公干，是一项保密性极强的工作，我也不知道他的行踪。

兰　姨：那，我今天生日他也不回来吗？

红　英：妈，我这不是天天都陪着你吗？来，试一试这件新衣服，特意给你买的，今晚穿，二弟一家今晚过来给你祝寿。

兰　姨：帮我打电话给个“衰仔”，我生日，连人影都不见，白养这个儿子了。

红　英：（打电话，还是无法接通，为难地）妈，你别生气，国明他，他或许真的走不开。

兰　姨：走不开，连打个电话的时间都没有吗？

红　英：这，这不显示电话无法接通吗？或许是那地方没有信号。妈，我煮碗面给你垫垫肚先。（拿起围裙，欲去厨房）

兰　姨：（拉住）你——站住，这些年，都不知道是怎么过的，出差、公干、加班……永远在路上，不是我说你，你也要管管你老公，看，看看，家里连个像样的家具都没有。

红　英：妈（欲言又止）？

兰　姨：是，当妈的只有得闲拿个儿子的相片发发呆。

国　强：（急敲门）大嫂，大嫂，开门。

兰姨、红英：（齐）国强来了。

兰　姨：快，快开门。（对红英说，然后自己去收拾沙发上的物品）

红　英：（跑向门口）来了。

国　强：（冲进客厅，扬着手中的报纸）坏了，坏了，出事了，出大事了！

兰姨、红英：（齐，惊）出什么事？

国　强：（见兰姨在，忙收藏起手中的报纸）妈，你也在啊？（向红英眨眼睛）

红　英：（不明）“失魂鱼”紧，妈今天生日，算你有孝心，来得早，来，来厨房帮手。

兰　姨：强，慌失失，出什么事了？

国　强：（摆手，欲言又止）没，没什么。

兰　姨：你不要骗阿妈！（忽然惊记起）是不是你大哥出事了？

国　强：你怎么知道——

红　英：你说什么？

国　强：是，不是……（不知道如何表达）

兰　姨：（没听清国强的话）那，一定是你闯祸了。衰仔，是不是老毛病又犯了，你哥告诫过你，踏踏实实做事，实实在在做人。

国　强：妈，三句不到又扯到我头上。（坐在一旁生气）

红　英：（劝强）二叔，来，喝杯水，妈都是为你好。俗话说：“马吃夜草一时美味，马失前蹄一生终悔”。

国　强：大嫂——

兰　姨：好了，没事就好。（转身）

国　强：（强作笑脸）妈，祝您寿比南山。妈，我知道了，我虽然是个小小的村干部，但心里要装着百姓，永远保持先进性，我会记住的。

兰　姨：知道就好，你要向你哥哥学习，他——

红　英：（拉兰姨坐下）妈，二叔现在在村里很受村民爱戴的，你放心。

国　强：是啊。（低低又冒出一句）好过大哥人前一套，背后一套。

红　英：妈，你去房里休息一下，煮好饭我叫你。

兰　姨：好好，我先去睡睡。

国　强：（见兰姨安全入房，拉住红英远离房门的方向，见安全了，从裤袋里拿出报纸）大嫂，你看新闻没有？

红　英：（顺手拿起菜）没啊。

国　强：（神神秘秘的，压低声音）出事了。

红　英：（停下手中的活）出事？关我什么事？

国　强：嘘，（转身望房门）大嫂，大哥出事了。

红　英：（大声地）国明出事了？

兰　姨：（走出来，自言自语）忘记叫家嫂联系国明（停，听国强和红英两人对话）

国　强：（读报）张国明因涉嫌违纪，目前正接受组织审查——

兰　姨：（大惊）什么？（跌跌碰碰地走过来）

国强、红英：（一齐跑过去）妈——

兰　姨：这不是真的，这不是真的。（哭）

国　强：妈，珍珠都没这么真啊。

兰　姨：（哭）明仔啊——

快递哥：（电话响）喂，你是黄红英女士吗？请到门口收快递。

红　英：（打开门，快递哥抱着一大件快递箱进来，让红英签名）这是谁寄来的？

快递哥：你是幸福小区12座201，对吧。

国　强：对对。

快递哥：那就没错了，请签名。

红　英：（战战兢兢地签名）你慢走。（送走快递哥）

三　人：（三人围着包裹箱不敢拆，你一句我一句）里面会是什么呢？难道是仇家寻仇？

红　英：（手缩回来）二叔，快打电话给你大哥。

国　强：（打电话）关机。

兰　姨：啊——（晕）

快递哥：（又敲门）快递。

国　强：（开门）又怎么了？

快递哥：（笑）不好意思，还有一份张国明的挂号信，也是幸福小区12座201房的。

兰　姨：（快步走过去抢着签名）哪里寄来的？公安局，戴——（都无心送快递哥，顺手打开信件，一张购物卡掉了出来）啊——（手颤颤地拾起）购物卡。

国　强：大件事了，大哥受贿的证据。

兰　姨：（晕状）贪一分钱财，失一分民心啊，仔！

红　英：妈！（跑过去扶住，帮她顺气）

国　强：（在一旁打手机）还是关机，这回死定了。

兰　姨：我不相信明仔会变坏，他是从我肚子里出来的，有几斤几两，我心里清楚。

干　警：（一名穿着公安制服的干警提着一袋礼物，按门铃）有人在家吗？

国　强：（惊）又来。

红　英：（欲开门）谁啊？

干　警：这是张国明局长的家吗？

红　英：（一开门，吓一跳，欲关）不——你找谁？

干　警：我找——

国　强：不在。（拉红英，关门，使眼色）这么快找上门了。

兰　姨：行不改名，坐不改姓，对，这是张国明的家。我是他妈，国强，让他进来。要拉，要捆，对我来。

干　警：（恭恭敬敬，把礼物放台上，向兰姨鞠躬）奶奶，你好。

红　英：奶奶？

国　强：（一面向外望）奶奶？奶奶？来抓人还带礼物，还叫“奶——奶”？

红　英：（哭，拉住干警左看右看）天啊，几十年夫妻，你好狠心，竟然这样对我，在外面有私生子。

兰　姨：衰仔，尽敢干这种伤天害理的事，我，我——强，你叫你哥回来，我打断他的腿……（拿起鸡毛掸子，想冲出门去）

国　强：（急，拉住兰姨）我上哪里去找他？

红　英：这些年，他不喝酒，不抽烟，家里里里外外都是我，原来他把钱都拿去包小三，养私生子了，妈——你要替我做主啊。

兰　姨：一定是搞错了，一定是搞错了，打死我也不相信，我儿子会做这些事。

国　强：妈，事实摆在眼前啊，（放低音量）馌仔拉心肝，妈偏心。

兰　姨：衰仔，你在这里幸灾乐祸，气死我了。

干　警：私生子？（摸不着头脑）叔叔、阿姨，你们误会了，我叫戴小波，我是一名孤儿，这些年一直是张爸爸资助我的。

兰姨、红英：什么？孤儿？你是孤儿？

国　强：你，你不是来抓人的？（忽然想起什么，跑到门口，看还有没有人）对呵，抓人，不可能一个人来，还带着礼物。（松了口气）

红　英：你说什么？你是孤儿？

干　警：是啊。

兰　姨：你这一身制服？

干　警：我刚刚大学毕业，考入公安局，成为一名公安干警。

国　强：公安？你来找张国明做什么？（去翻小波带来的礼物）

干　警：奶奶，这些年是张爸爸一直在资助我上学，我才有今天。

红　英：难怪，这些年，他连衣服也不愿买多一件，对自己那么刻薄。

干　警：我毕业了，有工作了，我今后要好好孝顺张爸爸和你们。今天，我正好休假，第一次来拜访你们——

国　强：购物卡？（拿出那张卡）你叫戴小波，那这张卡是你寄来的？

干　警：对，我怕张爸爸不收，所以用这种方式。

红　英：啊，吓死我了。原来是你寄的。

干　警：奶奶，这是孝顺你的。（拿过卡）

兰　姨：孩子，真是好孩子。但是孩子，这购物卡我们不能收。

干　警：奶奶，这是“孙子”我孝敬您的，请您一定要收下。（忽然半膝下跪）

红　英：（与兰姨一起拉波仔）你的心意，我们都领了，你能来，就是孝顺了，我想你的“爸爸”也是这样想，所以他才从不求回报。

兰　姨：对，我儿子的心我最明白了。（电话忽然响了，拿出来一看，大喜）明仔，是明仔的电话。

国　强：妈，快接，快接。

兰　姨：（打开免提）妈，祝您生日快乐，儿子在外公干，赶不回来给妈妈祝寿，对不起妈——

兰　姨：儿子，有你一句平安，妈妈放心了。

国　明：妈，我寄的礼物收到了吗？是山里粗食，你最喜欢的——

国　强：（打开包裹）哥，我们收到了。

干　警：张爸爸，我是小波，我代您来给奶奶贺寿。

国　明：小波，好好干，做个好警察。红英，这是我资助的干儿子，你不会怪我吧？

红　英：老公，我不怪你，我，我，我想你——

国　强：（抢过电话）等等，哥，哥，你没骗我们吧，你——报纸上不是说，你被组织双规了吗？

国　明：你说什么？

红　英：（拿出报纸，小波走过去，一起看报）

干　警：（笑）叔叔，你眼花，看错了，你看，报纸上写的是东海市的张国明，不是我们海东市的张国明啊。

国　强：什么？（抢过报纸，仔仔细细地看）真的是看错了啊，居然是同名同姓，虚惊一场啊。

兰　姨：我儿，妈信你，妈信你，你是个好干部，好好干，家里很好，很好——

国　明：妈，我祝你生日快乐（音乐响起：祝你生日快乐，祝你生日快乐——）

干　警：（从礼物里拿出一盒蛋糕）奶奶，来吹蜡烛，许愿！

所有人：许愿啰！

（本剧2019年获广东省群众文艺作品评选戏剧类二等奖）

作者简介

李华丽，从1997年至今创作发表了60多万字的文学作品，以及一批摄影作品、戏剧、曲艺类作品，获省级奖励7次，获佛山级奖励30多次，戏剧小品《星级吉级》公演49场，《小村故事》公演28场，原创戏剧小品、情景朗诵、相声等演出超过150场次。

把 脉

杨晓平

时 间 周六

地 点 甄局长家客厅

人 物

甄局长：住房和城乡建设局局长，58岁。

甄 管：甄局长之子，医生，30岁。

辜经理：某房地产开发公司经理，艳丽、睿智，38岁。

［甄局长家客厅，朴实整洁，一套皮沙发、茶几，墙上挂着一张《老虎苍蝇一起打》的漫画。

［幕启，甄局长系着围裙在打扫客厅。音乐《咱当兵的人》衬底，儿子甄管从外面回来。

甄 管：爸，您真不愧是劳模，周末也不歇歇！

甄局长：哎，小子，你什么时候看到老爸有偷懒过啊？今天怎么这么快回来了？医院里不用值班吗？

甄　管：不用。

甄局长：那帮我一起打扫打扫卫生吧！

甄　管：哎，这事别预我，我有重要事要干！您慢慢打扫吧！（入内）

甄局长：臭小子！

甄　管：（出来，拿着苹果手机在拍老爸干活。笑着）爸，扫，继续扫！自然点，拍了给我妈发过去，让她今晚好好奖励您！

甄局长：（打断他）行了，行了，这有什么居功自傲的。哎，这手机可不是你原来的那部啊？

甄　管：哦，朋友的。

甄局长：朋友有这么好的手机给你用？这可是乔布斯的遗产——烂苹果啊？

甄　管：嘿嘿嘿……老爸，看来您挺跟时代的嘛！

甄局长：几代苹果啊？

甄　管：苹果八代！

甄局长：那没一万也要八千吧？你刚当实习医生，哪来那么多钱买这烂苹果啊？

甄　管：哎，手机这事您就别追究了，玩玩！

甄局长：我能不追究吗？臭小子，警觉点，别坏我名声！

甄　管：您一百个放心！嘻嘻……

［门铃响，“叮咚”！

甄　管：有人来！

甄局长：你去开门！

甄　管：您去！

甄局长：你去！我扫地！

甄　管：老规矩，谁输谁去！（两人划拳）

甄　管：唉……幸运之神老是不会眷顾我。

［门铃响，“叮咚”“叮咚”！

甄　管：来了，来了！（从猫眼那向外瞄了一下，开门）原来是大美女！欢迎！欢迎！

辜经理：你好！（向甄局长打招呼）甄局长好！

甄局长：你是？

辜经理：您真是贵人多忘事，我不就是您老婆的大学师妹咯，永发房地产公司的小辜啊！

甄局长：哦，辜经理！想起来了！上次你们学校校庆，咱们见过一次。来，坐，坐！

甄　管：辜经理，请坐！我去给你倒杯茶！

辜经理：谢谢！哎呀……（拦住）堂堂一个住建局局长，怎要您来打扫卫生呢？让我来！（赶紧把手提包放到茶几上，并夺过扫把）

甄局长：哎呀，辜经理。在家，我就是一名丈夫和父亲，没什么局长，再说了多活动活动对筋骨也有好处。

辜经理：那也不能干这种粗活脏活啊！

甄局长：我就是农民的儿子，（夺过扫把）这种活我都干了几十年了。（继续扫地）

辜经理：真羡慕师姐啊，找了一个绝世好男人！

甄局长：不敢当！对了，今天上门是找阿珍的吗？

辜经理：哦，我……

甄　管：茶来了！辜经理，过门是客，先喝杯茶解解渴！

辜经理：好，谢谢！甄局长，您真是生了个好儿子，一表人才，又懂事礼貌！

甄局长：还凑合！

甄　管：你们慢聊！

辜经理：好！谢谢！

甄局长：喝茶！喝茶！

辜经理：（喝茶状）甄局长，好茶啊！

甄局长：也就是普通的龙井。对了，你今天来得真不是时候，阿珍去学生家访了，要不她回来我让她给你打电话？

辜经理：甄局长，您这么快就赶我走啦？

甄局长：噢！不是！我想你肯定是来找阿珍的，所以跟你说声。

辜经理：（环顾下四周）哎呀，甄局长，您这个房子可赶不上潮流哦！

甄局长：复古——现代，现代——复古，潮流永远赶不尽。

辜经理：这有句话说得好，“好马也得配好鞍”啊！在这样旧的楼住着，也着实委屈您了！

甄局长：习惯就好！

辜经理：刚好我郊区有套别墅，依山傍水，风景特别好，装修好了，也没去住过，以后那个房子的钥匙就属于您的了！（从包里掏出钥匙，给甄局长）

甄　管：（甄管出来准备添茶水，看到这情况，一把夺过钥匙）爸，这串钥匙来得及时啊！我也是个适婚青年了，这不刚好……（拿着钥匙在沾沾自喜）

甄局长：臭小子（夺过钥匙，高高拎起），你要是把它挎在腰上，我就拦腰截断了！

甄　管：爸，您也太古板了，老是一副“老干部”似的。您看，就您单位一个科长都住上洋房了，我们还是住政府宿舍。再说，我现在也长大了，三个人还是挤在不到70平方米的房子里，想带个女朋友回来坐坐都不好意思。

甄局长：哦，你刚出来工作就学会享受了！我告诉你，要是那女孩是看上你有房有车才跟你恋爱的话，这样的女孩我第一个反对。

甄　管：现在是自由恋爱时代，父母只有参考权。

甄局长：你妈也不会同意的。

甄　管：你没听过吗？现在的女孩“宁愿坐在宝马里哭，也不愿坐在自行车上笑”！

甄局长：心灵扭曲！

辜经理：甄局长，现在的人都是以物质唯上的。那种“有情饮水饱”的年代已不复存在了。

甄　管：辜经理说得对！现在的择偶标准，要么“白、富、美”，要么“高、大、上”，“高、大”我有了，现在就差“上”，有了这套别墅傍身（夺过别墅钥匙），还怕没女人投怀送抱？

甄局长：（把钥匙夺回来）臭小子！白浪费我学费了！这没你的事，回房去钻研医术！

甄　管：爸，您就收下吧！辜经理也是一片好意。

甄局长：滚！

甄　管：爸……

甄局长：再不走是吧？（拿起扫把就往甄管打去）

甄　管：走，走……

辜经理：甄局长，别生气！小孩嘛……

甄局长：气死我，白养了！（喘气）辜经理，看来你今天不是来找阿珍的！

辜经理：果然是甄局长！

辜经理：甄局长，何必那么认真呢？您不说，我不说，有谁知道呢？

甄局长：天知道，地知道！辜经理，你还是说说你今天到这里来的目的吧！

辜经理：那我就直说吧！关于鸿福山庄中标那事，还请您多多关照一下我们！（打开手提包，拿出一包中华烟，抽出一根，并点着给甄局长）您不就好这口吗？

甄局长：哈哈……这口好了几十年，但为了血压正常，肺部干净，在夫人和儿子的严加看管之下，戒了！

辜经理：甄局长，您看看，这可不是一般的香烟哦！（打开香烟盒，从里面掏出一张银行卡）

甄局长：辜经理，抱歉！刚才家里卫生还没打扫干净，我要清理垃圾了！（准备把辜经理带来的香烟和辜经理一起清走）

辜经理：甄局长，不就是为了一口饭吃吗？公司里有好几百人等着我开饭呢！赏点脸吧！

甄局长：我们那天开会，不是给你们几家投标方都说好了吗？公平竞投，质价取胜。

辜经理：哎呀，甄局长！今年竞争的公司太多了，我们董事长回来跟我说，每个公司后面都来头不小，这年头，做事没个靠山，能成吗？要不您这次把标底告诉我们，让我们接了算了。我一定会向您表一表诚意的！（手搭在甄局长肩膀上，暧昧地看着甄局长）

甄局长：标底我不知道，知道我也不会告诉你，实事求是回去作估算和准备吧。（把辜的手拿开）

辜经理：您不趁现在头上还有顶乌纱帽，多捞点，退休了，谁还在乎您！您没见，躺在医院的干部，台上台下都两个样！

甄局长：所以我每天让儿子给我量量血压，把把脉，只有身体各项指标正常了，才能保持清醒的头脑，不做“苍蝇”，更不做“老虎”！（指着墙上的漫画）

辜经理：好！好！辜某佩服！但我还是希望您能好好考虑考虑！（把别墅钥匙和银行卡放桌上）

甄局长：不用考虑！把你带的东西都拿走！

辜经理：那投标之事？

甄局长：话不过三，公平竞投，质价取胜。

辜经理：好！您会后悔的！（生气地）

甄局长：后悔？没保持血压正常我才真的会后悔呢！

甄局长：辜经理，把你带来的东西拿走！甄管，给我送客！

辜经理：哎呀！甄管，你快出来吧！这戏我都快演不下去了。

甄　管：老爸，现场版的《人民的名义》相当精彩！（继续拿着手机在拍）

甄局长：臭小子，你葫芦里卖的是什么药？

辜经理：儿子导戏，老子当主角，我是个配角，雇来的苦力！哈哈哈哈……

甄局长：（一头雾水）难不成你俩是合着……

甄　管：老爸，我今天呀！就是给您把把脉，试试老爸是否财色兼收！

甄局长：臭小子，老爸你还信不过！（欲打）

辜经理：甄局长，想不到您不仅姓“甄”，还是真正的局长！这些东西看来对您起不了作用，我拿走啦！（指着别墅钥匙和银行卡）

甄　管：辜经理，等等。你的Iphone8确实好用，现物归原主。

甄局长：原来这手机是她的？

辜经理：不错，是我借给甄管拍摄廉政纪录片的，哈哈！

甄局长：你俩是怎么认识，想到这出的？

甄　管：哈哈……老爸，纪录片的出品人、制片人是老妈！

甄局长：哦……（恍然大悟）原来真正的幕后老板是……

辜经理：甄局长，您身边有位好老师啊！她说：“十年树木，百年树人！”是她邀我今天跟您儿子演的一出好戏！

甄　管：爸，老妈也是为您好，我们不是怕您临老容易脑出血吗！

甄局长：有你天天为老爸把脉，还怕身体出毛病？“为官为民！”老爸从政的原则！

辜经理：甄局长，以后有关房地产投标之事，有您在把关着，我们就放心了！走了！

甄管：好，谢谢辜经理！今天辛苦你了！演技不错！

辜经理：你爸才是奥斯卡影帝呢！

甄　管：哈哈哈……

辜经理：甄局长，再见！

甄局长：再见！原来你是你妈安插在我身边的卧底？（拿起扫把想打）

甄　管：甄局长，甄局长，少安毋躁，少安毋躁，小心血压！来，给你量量血压，把把脉！（拿血压器量血压和把脉）

（本剧2019年获广东省群众文艺作品评选戏剧类二等奖）

作者简介

杨晓平，毕业于中国戏曲学院戏剧影视文学专业（编导方向），现任职于佛山市文化馆创作研究部，主要从事戏剧、曲艺编导工作。作品曾获“中国戏剧奖”“广东省群众艺术戏剧曲艺花会”“佛山市群众艺术戏剧曲艺舞台展演”等国家、省、市级奖项。代表作有小品《卖红薯的人》《把脉》《一张志愿表》，曲艺《狮艺扎作寄豪情》《新白蛇传》等。

一瓶茅台酒

张永源

人　物

严　谨（谨）：女，65岁，退休县委书记。

张　华（华）：男，38岁，严谨之子，县委办公室副主任。

汪春生（生）：男，45岁，分管组织的县委副书记。

[某天中午。

[普通家庭厅堂，一边沙发，一边靠墙放着玻璃柜，透过玻璃可见柜里各种酒类，其中一瓶瓷瓶装的贵州茅台特别醒目。

[幕启：严谨在沙发上午睡，发出微弱的鼾声，一本书掉在地上，腰间扣着一串钥匙。

华　：（上）我们县委办公室黄贵山主任，马上要上调省委，县委组织部门正在考虑接班人选，很多人都在争这个位置，我这位当了六年的副主任，也想转个正，但是不给分管组织的汪春生，汪副书记送点礼不行，这是规矩。送什么呢？钱他是不会要的，也不敢要，房子、小汽车我送不起，这？……他是梅州人，喜欢喝酒，我曾祖父原来是做酒生意的，曾留下一瓶贵州茅台，酒龄超过百年，据说很多年前有位香港老板，愿出两千美金买它，但我祖父没卖，还给后人留下一句话，这瓶酒任何人不能喝它、卖它、送它，只有我们家谁百岁生日，才能打开它，一家人给寿星祝寿！不如我就拿这瓶百年茅台送给汪副书记，也许他会高抬贵手，给我头上的“副”字改成“正”字，（欲走又停住）如果他不收怎么办？我想不可能，天底下哪有不吃腥的猫？（抬手看表）哎呀，十二点半了，我得趁中午大家休息，悄悄把酒送到他家，对，回家取酒去，（进门，一愣）我妈怎么在沙发上午睡？（弯腰拾起《焦裕禄》放在茶几上）我得轻点，别吵醒她，（轻手轻脚朝玻璃柜走去，眼睛又一愣）锁了？咋办？（左右看看，眼睛落在谨腰上）钥匙？（又轻手轻脚走到谨身边，伸手欲取钥匙，谨梦语）不行不行！（华急缩回手）那怎么行？

华：（旁白）还说梦话？不行不行，什么意思？

谨：（梦语）送礼是要犯错误的，……犯错误的，……（忽然坐起）我说不行就不行！你要敢，我处分你！……（又睡下去）

华：（不屑地）送礼犯错误，还要处分人家？你以为是你当县委书记的时候？

［谨打起呼噜，华又伸手过去，谨翻了个身，把钥匙压在屁股下。

华：（失望地）嗨！怎么动来动去？

［谨又转身回到原来姿势，华急伸手，谨一只手摊过来，正好打在华手上。］

华：（一怔）都六十多岁的人了，睡觉还不老实！你不老实，我更不老实！（壮大胆伸手欲取钥匙）

谨：（一惊，醒来）谁？

华：是我，妈！

谨：哦，是小华，什么时候回来的？

华：刚刚回来！

谨 ：中午不守在办公室，回来干什么？

华 ：不干什么，回来看看你！

谨 ：睡梦中，好像有人偷我的钥匙。

华 ：这？不是偷，是我想拿你的钥匙用一下，又怕吵醒你。

谨 ：要我的钥匙干什么？

华 ：拿样东西？

谨 ：拿什么东西？

华 ：这？我想拿……

谨 ：想拿什么就拿，何必吞吞吐吐？

华 ：我怕您不同意。

谨 ：只要妈有的，儿子要什么不同意？

华 ：真的？

谨 ：从小养你那么大，妈什么时候骗过你？

华 ：那我就不客气了？

谨 ：别卖关子了，你在妈面前什么时候客气过？

华 ：（指玻璃柜里）我想要它！

谨 ：你说的是酒？

华 ：对，酒！

谨 ：你又不喝酒，要它干什么？

华 ：自然有用，有大用。

谨 ：哎呀，我正愁这些酒没人喝，（取下钥匙）要几瓶自己拿！

华 ：我就要一瓶！

谨 ：一瓶好干什么？多拿几瓶去！

华 ：不，就要一瓶。

谨 ：要哪瓶你自己拿！

华 ：我要那白瓷瓶的——

谨 ：（刷地坐起）贵州茅台？

华 ：对，我就要贵州茅台！

谨 ：华儿呀，贵州茅台不行，不是妈舍不得，而是因为它价值连城，是咱家的传家宝。

华 ：我要的就是它的价值连城！

谨 ：价值连城妈也舍得，而是祖宗早已留下话！

华 ：留下什么话？

谨 ：他们说，这瓶茅台是酒中之王，酒龄超过一百年，我们的子孙不能随意动它！

华 ：子孙不能随意动它，留着它干什么？

谨 ：留着它等我们谁过一百岁时生日，大家就给寿星祝寿！

华 ：那要等到什么时候，我们家有人过百岁生日？

谨 ：很快！

华 ：很快是什么时候？

谨 ：你爷爷今年九十岁，再过十年不就一百岁！

华 ：（一愣）哎呀呀，我的妈，还要再过十年，这酒不早变酸了？

谨 ：不会！这酒越陈越好。

华 ：就算是这样，也浪费了它十年发挥作用的时间！

谨 ：什么作用？

华 ：比如说，如果现在酒给我拿去送礼，人家就会满足我的要求，提拔我担任更重要的职务，我就能青春闪耀，前途无量，对国家贡献更大；反之，现在不给我，这酒就只能锁在柜子里，人家没有利益，也许不会提拔我，我就权力很小，甚至毫无权力，为国家为人民作贡献就是一句空话，这不白白浪费了它十年发挥作用的时间？

谨 ：这？

华 ：再说，纵若十年后爷爷百岁生日，把茅台酒留到那时全家给他祝寿，也就自己家那几个人，如果现在把茅台酒给我送礼，我当了官发了财，光了宗耀了祖，到那时，会有多少人给爷爷祝寿？这又何乐而不为？

谨：你要把茅台酒送给谁？

华：县委分管组织的汪春生，汪副书记。

谨：送他？什么意思？

华：你是不知道，我们县委办公室黄贵山主任，调省委工作，县委办公室正缺主任，不少人都在争这个位置，我这位干了六年的副主任，总……

谨：哦，我明白了，你是想用这瓶百年茅台去换正主任，对吧？

华：妈！——什么换呀换的？说得那么难听！

谨：什么难听不难听？说白了不就是这种关系。

华：就算是这样又咋的？现在很多人都这样？

谨：汪副书记要是不收你的礼咋办？

华：你以为是你，不会的！

谨：就算他收了，又不提拔你怎么办？

华：哪里会？只要他收了，就会给你回报，这是不成文的规矩。

谨：万一人家就要破这规矩！

华：怎么破这规矩？

谨：本来人家打算提拔你，给你转正，就因为你给他送了礼，反而认为你作风不正，行为不轨，思想意识有问题，不但不提拔你，甚至把你的副主任都撸掉，这不弄巧成拙，偷鸡不到蚀把米？

华：这？……世界上哪有这样的人？

谨：如果我是汪副书记就这样做！

华：你又不是汪副书记！

谨：可汪副书记也是共产党员呀！

华：这？……妈，你就别把我当小孩，快把钥匙给我开柜拿酒吧！

谨：不行！

华：这又何必呐，妈？

谨：因为我是你妈，是你亲妈！

华：是我亲妈就更应该有求必应，为儿子考虑！

谨：正是为你考虑，如果我答应了就等于怂恿你去行贿受贿，犯错误！

华：有那么严重吗？妈！送一瓶酒就行贿受贿？

谨：现在是送一瓶酒，下一回你就不是送一瓶酒，而是……

华：你儿子会是这样没有尺寸的人吗？

谨：对你当妈的心中有数！

华：这？……

谨：别在这纠缠了，快去上班吧！

华：不，（扑通跪在谨脚下）妈！快开柜门，把酒给我，这可是关系到我的前途命运！

谨：（动情地）起来吧，孩子，（扶起华）正是为了你的前途命运，你就原谅妈不能把酒给你吧！

华：（忍无可忍地一抹眼泪）既然妈这样固执，就别怪儿子不客气了！

谨：你敢！

华：我又不是杀人放火，叛国投敌，无非就拿瓶茅台酒，有什么不敢的？

谨：哪就试试？

华：试就试！（一个腾跳，从沙发这边跳到那边，谨急忙避开，华又一个箭步冲到前面，一只手挽住谨的腰，一只手取她的钥匙，急到玻璃柜前开锁、拉门，取出茅台酒，谨从背后冲过去，一把夺过酒，转身就走，华急追）

谨：（大喝）站住！（把酒高高举起）你再向前一步，我就把酒摔碎！

华：（急站住）别别别，妈妈，你千万不要把酒摔碎了，它可是价值连城的百年茅台！

谨：（爱护地）这确实是一瓶好酒，祖辈为它费尽心机，久久珍藏，国内外多少巨商无不想得到它，多少酒鬼垂涎三尺，无不想品尝一口……

华：（从背后悄悄走近谨）我也想拿它去……（猛地扑过去欲抢）

谨：（急转身啪的一声，打了华一记耳光）我叫你抢！

华 ：你？（急用手按住脸）

谨 ：（跳上沙发）俗话说，“宁愿玉碎，不愿瓦全”！把它留给你去行贿受贿，破坏党风，坑害同志、坑害你自己，不如让它粉身碎骨，见鬼去吧！（啪的一声重重摔在地上碎成八瓣，酒花四溅。

华 ：这？（呆呆地望着）。

谨 ：（仰天长笑）哈哈哈！……

华 ：（盯了谨一眼）还笑？（拿起一块酒瓶碎片）那么好的酒摔没了，多可惜！

谨 ：不！我摔的不是酒，是社会不正之风，是你的错误思想。

华 ：这？

生 ：（内喊上）严老书记、张主任！（进屋一愣）你们这是？……怎么把茅台酒打碎了？

谨 ：都怪张华！茅台酒打碎倒不要紧，只要没伤着人就好！

生 ：对对对！没伤……

华 ：（递茶）汪书记，喝茶！

生 ：谢谢（接茶）中午有点时间，我来看看老书记，顺便告诉张主任好消息。

华 ：什么好消息？

生 ：黄贵山主任调走了，县委觉得你这人不错，决定要你接任办公室主任位置，这是任命书。

华 ：（接过任命书）谢谢组织信任。

生 ：今后你的担子就……（手机响）喂，哪位？……什么事？……好，我马上来！（收起手机）王书记找我有急事，对不起老书记，看到你身体那么硬朗，我就放心了，以后注意好好保重！

谨 ：（握住生手）谢谢汪书记来看我！

生 ：张主任我先走了！（急下）

谨 ：汪副书记慢走！

华 ：（送生出门后倒回）没送礼也送任命书来了？

谨 ：你以为只有送了礼才能升官，升官必须送礼？

华 ：这？……反正现在我升了官也没送礼！

谨 ：搞不好你送了礼还升不了官呐！

华 ：为什么？

谨 ：经过这几年反腐斗争，现在机关单位风气好多了，有哪个领导喜欢心术不正的人在自己身边工作？

华 ：妈妈说得对，不愧是当过县委书记的！

谨 ：我看你们汪副书记是位为政清廉的好官，否则——

华 ：否则怎么？

谨 ：否则你没送礼，他就不会提拔你！

华 ：可现在我没送礼，他也提拔了我！

谨 ：正因为你没送礼，所以他提拔了你，如果你送了礼，他还会提拔吗？

华 ：（摇摇头）不知道，反正我没送礼！

谨 ：不，你送了礼！只不过他没有收到而已！

华 ：（指自己鼻子）我送了礼？

谨 ：难道没送？

华 ：这？开始我是千方百计想送瓶百年茅台酒给他，可是……

谨 ：可是茅台酒被我摔碎了，你送礼未遂就是啰！

华 ：这也算是送礼？

谨 ：算，当然算！

华 ：怎么算呢？

谨 ：因为你不但有这个想法，而且有这低劣的行动！

华 ：这？

谨 ：现实生活中不少贪官污吏就这样，开始是送礼买官，当了官就利用自己手中权力隐蔽地或公开地要他人加倍偿还，最后成为……

华 ：我明白了！

谨 ：你明白什么？

华 ：我明白了自己正朝着危险的道路迈去，太可怕了！

谨 ：所以……

华 ：所以这个办公室主任我不能当，也没有资格当！（拿起任命书就要走）

谨 ：你要去哪里？

华 ：我要去县委汇报思想，并把任命书送回去。

谨 ：你考虑好了？

华 ：考虑好了！像我有这种错误思想的人，不但主任不能当，副主任也要让位，就当个普通干部吧！

谨 ：你有自知之明，好，妈妈支持你！（华急下）

谨 ：（望着华远去的背影，欣慰地）知错就改，严格要求，好样的！不过凭我的经验，估计主任是暂时不会让他当了，副主任还是会继续当的！……

（本剧2019年获广东省群众文艺作品评选戏剧类三等奖）

作者简介

张永源，1942年生于广东五华，副教授，江西作家协会会员。创作有电影8部，作品集《何惧风流》在中国电影出版社出版；电视剧6部，其中《绿色警报》《情恨悠长》《六月桔》等在中央台播放，《燃烧的石湾》（22集）在中国戏剧出版社出版；舞台戏7部，其中大型戏剧《乱世惊雷》《锁龙记》等被搬上了舞台；另有小品25部。近年所作戏剧、曲艺作品参加省群众文艺作品评选，荣获省、市级一、二等奖十多件。

点　赞

俞　虹

人　物

蓝科长：某科室新上任科长

老　罗：某科室科员

小　赵：某科室科员

小　杨：某科室新进科员

［《点赞》音乐中两人舞蹈化地打扫卫生，间隙中……

小　赵：老罗，新科长发的文章又让你抢先点了赞，行啊……姜还是老的辣。

老　罗：来来来，我跟你说啊，其实这个点赞啊还是讲究方法的。

小　赵：这个还有方法？

老　罗：你看啊，眼快，手快，反应快，点赞效果不会赖，我就大胳膊，玫瑰花，领导绝对把我夸。

小　赵：哎呀，我就不如你，我就系三个红头巾，对领导表决心。

老　罗：你这个也不错啊！

小　赵：你教得好嘛。

老　罗：哎，看见科长的回复了吗？

赵 罗：见面聊！

老　罗：新科长上任，我们抓紧时间先把办公室卫生打扫一下，动起来呀！

［小赵积极打扫卫生。《点赞》音乐响起。老罗拿起茶杯喝茶，小赵看老罗不动，面露不高兴。

老　罗：（放下茶杯）我们先拍个照发群里。

小　赵：我怎么没想到呢。（两人拿拖把拍照摆造型）

小　杨：（上场）嗨，你俩干什么呢？

小　赵：小杨来啦？

小　杨：上班啦。

老　罗：（招呼小杨）搬凳子坐，手机拿出来。（小杨将手机交给老罗）看见没？科长发的文章，为什么不点赞？

小　杨：我给忘了。

小　赵：忘了？这个事情怎么能忘了？

老　罗：别急别急哈，科长马上就来了，咱们先点上。一个笑脸。

小　赵：2朵玫瑰花。

老　罗：三个大胳膊。发送！

小　赵：又救你一命！

小　杨：你们至于吗？

老　罗：新科长发的文你不点赞，说明你思想有问题啊……

小　杨：我思想没有问题。

小　赵：小杨，点个赞嘛，动动手指头的问题，我问你，工作中什么最重要？态度！我跟你说你跟他不一样，你还很年轻，还有很大的进步空间……

老　罗：怎么说话呢？

小　赵：教育教育新同事。

小　杨：那我再点两个。

罗、赵：哎，抢戏啦。（拿拖把示意小杨）

小　杨：（领悟地接过拖把）我来拖，我来拖。（《点赞》音乐起）

蓝科长：（上场）哟，我就喜欢科室的这种气氛！小杨干活呢，这地拖得挺干净！

小　杨：哦，主要靠老同志传帮带。

小　赵：我们刚拖了一遍。

蓝科长：年轻人多干点没坏处。

罗、赵：科长，请坐！

蓝科长：离上班还有十分钟，咱抓紧时间聊聊。

老　罗：我就知道科长要找我们聊，我们都准备好了！

小　赵：小杨，好好拖地啊，我们跟科长先汇报汇报思想。

蓝科长：来，小杨坐下来一起聊聊。

小　杨：不用了科长，他们有思想问题，我没有。

罗、赵：这话怎么说的。

小　杨：噢，我是说他们有思想，我没有思想。

小　赵：小杨，别说话！

老　罗：科长，您看是先聊工作还是生活？

小　赵：谈人生呢还是理想？

蓝科长：这些啊，咱们都不谈。

赵、罗：那谈什么呀？

蓝科长：就谈谈昨天我在工作群里发的那篇文章。

老　罗：工作群？

小　赵：文章？（赵、罗二人赶紧拿手机）

蓝科长：别拿手机了，你们不都点赞了吗？（对罗）哎，你，一个微笑，两朵玫瑰花，三个大胳膊，那是你吧？

老　罗：科长看得很仔细哈，呵呵呵。

蓝科长：（对赵）还有你，三个红头巾，是你吧？

小　赵：是！

蓝科长：既然大家都看了，那就聊聊嘛！

罗、赵：好好，聊一聊！

老　罗：科长那篇文章的题目是，蓝天，白云……

蓝科长：噢，老罗，你先聊。

老　罗：我看了这篇文章还是很有想法的，（看向赵）我的想法是，发言这种机会还是让年轻的同志先来。

小　赵：对对，让给年轻的……（反应过来）我认为啊，像我们年轻的同志非常需要老同志给我们做做表率。（看向老罗）

小　杨：（抢着说）要不我先说吧！

小　赵：小杨，听老同志说嘛！

老　罗：那，我先说！科长的这篇文章啊，写得是深入浅出，通俗易懂，从小故事阐明大道理，让我们对蓝天保卫战有了更加深刻的认识。（转向赵）

蓝科长：认识……

小　赵：那我就谈谈我的认识，蓝天，白云，绿水，青山，金山，银山，我们人类虽然可以改变自然，但归根结底还是自然的一部分，这就叫生命共同体，由此，我产生了非常深刻的思考，面对日益变化的自然环境，我们人类应该何去何从？

蓝科长：别走那么远，说具体点。

小　杨：具体的我来说吧……

小　赵：小杨，听老同志说！

老　罗：我，那我接着说。刚才小赵从宏观的层面讲，下面我从微观的角度讲，微观，我们这个环境，我们得先从办公环境抓起嘛！

小　赵：对对对，从办公环境抓起来。

老　罗：动起来呀！（《点赞》音乐起）

蓝科长：我说你们都没看是吧？

罗、赵：看，看，看没看不都要点赞嘛。

蓝科长：没看你们点什么赞啊？

老　罗：科长，您坐。科长，您看，您在群里发文章，我们如果都没反应的话，那不是挂不住吗？我们这么做也是为了促进团结。

小　赵：互相鼓励嘛。

小　杨：他们刚才拿我的手机也点了赞，我们科呀最团结了！

小　赵：小杨你！很团结嘛！

老　罗：再说了，一直以来我们都是这么开展工作的，习惯了。

小　赵：科长，领导发的文章都第一时间就该点赞，不光咱俩，大家都一样，昨天太多工作了。

老　罗：我又忙着干一份材料。

罗、赵：所以就忘了点开看了。

蓝科长：那就别耽误时间了，现在打开看。

老　罗：关于蓝天白云。

蓝科长：那是标题，看最后。

小　赵：关于辖区污水治理问题，明天上午讨论解决方案。

罗、赵：啊，解决方案。

小　赵：我们现在就做。

蓝科长：你们现在做那来得及啊！

小　杨：科长，要不我来说吧。

小　赵：小杨，让老同志说！

老　罗：我，老同志不说了！

蓝科长：不说了？小杨说！

小　杨：科长，我给您介绍一下，我们辖区总共有2公里河涌，前期有12家企业有偷排现象，已经得到治理，昨天看了您的文章，我一大早就去了现场，我发现还是有个别偷排现象，我建议24小时值守。

蓝科长：老罗，小赵，你看小杨，一早就到现场了。是，这几年我们的工作作风确实有了改进，但我觉得改得还不够，就那点赞来说，点赞是个小事，却反映了大问题，领导一发文，大家看都不看，一窝蜂地点赞，这是什么？这是指尖上的形式主义，一个两个表态挺积极，可是工作谁来落实？同志们，我们现在需要的不是点赞，而是马上到现场及时解决问题，我觉得小杨的提议挺好，24小时值守！我带头。

小　杨：我去！

罗、赵：我们也去！

老　罗：科长，您说得太对了，像我们这种不看内容就点赞的做法实在要不得，

小　赵：我们今后一定把精力都放在工作落实上面，来，我们为科长这种务实的作风点赞。（鼓掌）

蓝科长：你怎么又来了！

小　赵：（不好意思地）习惯了！

小　杨：依我看呐，点多少赞——

众　人：都不如真抓实干！（音乐起）

（本剧获2019年佛山市廉政小品曲艺原创作品展演一等奖）

作者简介

俞虹，顺德区文化艺术发展中心副总干事，广东省音乐家协会会员，文化活动策划人，音乐人、导演、编剧，佛山原创音乐剧《天边的云裳》制作人。代表作有歌曲《三江渔歌》《花开两岸》《水乡处处显风流》，小品《睡在上铺的兄弟》《独一无二的石头》等，作品曾获广东省“五个一工程”奖、广东省廉政小品曲艺创作大赛金奖，广东省音乐舞蹈花会银奖、佛山市文艺作品评选一等奖。

爸爸的面子

三水区云东海街道文化站

时　间　当代

地　点　梁水清家

人　物

梁水清（清）：三水区某部门副职领导

大　勇（勇）：民警，着警服，梁水清好朋友

老　梁（父）：梁水清父亲

小　芳（芳）

道　具　饭桌一张，凳子两把，茶几沙发一套，一扇门，蜡烛一支（最好用电的），手铐一副，篮子一个。

[暗场，只亮蜡烛，水清和大勇围着蜡烛。隐约能看见二人坐在饭桌上，大勇拉着水清的手。

勇　：（深情地）水清，恭喜你，真替你高兴，祝福你，希望……（起光）

哎，来电了。

清：（甩开大勇的手）上一边去，停个电还差点跟你聊出感情来。

勇：这咋了，你说你副处升正处，嫂子马上也要生，双喜临门。

清：喜啥，你以为升官是好事啊，那是盯着你的眼睛越来越多，担子越来越重了，家里也不存酒，来，咱们今天以水代奶，不是，以奶代酒，不是，脑子老想孩子奶粉钱了。

勇：行了行了，这好事让你说的，跟撤职查办一样。

清：闭上你那乌鸦嘴，对了，以后别老穿着警服往我家跑，邻居以为我真撤职了。

勇：这不是今天加班来不及回去换嘛就赶过来吃你庆功宴嘛，哎呀，我梁大处长这庆功宴是真丰盛啊，四个菜，俩糊了，一个没熟。

清：这不还有一个能吃吗？

勇：是，这黄瓜不拍都能吃。

清：行了，你嫂子在娘家，不给你泡方便面就不错了，将就吃吧。（水清父亲带着小芳上，敲门）

清：这大晚上的，谁啊？（透过猫眼一看）

父：水清啊。

清：完了，我爸来了。

勇：不是，你爸来了你咋跟贪官见了纪检委似的？

清：哎呀，你是不知道，自从我当了干部，我们村的人有啥事都让我爸找我办，来不及说了，一会儿你掩护我，看我眼色行事。（去开门）爸！

父：你个臭小子，你再不开我就撞门了。

清：爸，你看你，这么大年纪还相撞门，把门撞坏了咋整。

父：嗯？

清：逗你玩呢爸。

父：来来来，这是咱们村你阿德叔家的小芳，还记得不？

清：（对大勇）又找我办事来了。

芳 ：水清哥好！

清 ：记得，阿德叔家的小芳，长得好看又善良，美丽的大眼睛，辫子粗又长（如果是短发女演员就说“辫子长zhǎng不长cháng”）

父 ：行了，别贫了，爸跟你说个事。（看到大勇）这位同志是……

勇 ：叔，我是……

清 ：他是来执行任务的，爸，在您说事之前，请允许我不礼貌地打断您一下。

父 ：什么事？

清 ：（跪在地上）爸，孩儿不孝啊，您把孩儿养育成人，本应在家享天伦之乐，但是，儿不能给您养老送终啊，爸啊……

父 ：这这，怎么回事啊？

勇 ：你啥时候得的癌症我咋不知道。

清 ：你才得癌症。爸啊，你也看见了，警察都来了。

父 ：咋，家里被人偷了？不对啊，就你这点家当，小偷来一趟还赚不着个油钱呢。

清 ：是，吧，家里没值钱的，你儿子值钱啊。

父 ：啊？难道你……警察同志，你一定要查清楚，是谁把我儿子给糟蹋了。

勇 ：啊？

清 ：什么乱七八糟的，爸，是我犯罪了。

父 ：什么？（打水清耳光）好啊你，小惠马上就要生了，你就去找女人啦？

清 ：爸，你能不能搞清楚再打，我是那种人吗？

父 ：那你犯的什么罪？

清 ：贪污。

勇 ：额……对。

父 ：哦，什么，贪污？（打另外一边脸）

清 ：你非得打对称啊。

父 ：我，我今天打死你……（小芳和大勇拦老梁）哎，（哭腔）我们老梁家怎么出你这么个败类，让我的老脸往哪放啊，让列祖列宗的脸往哪放啊！

清：命都快没了，还要啥脸啊！

父：混蛋，老子一辈子把面子看得都比命重，当初你当了干部，我走在村里，那跟县长视察工作一样，那是相当有面子啊，现在呢，我这老脸都踩到这鞋底上了，（脱下鞋来）今天，我就用这张脸跟你同归于尽。（小芳和大勇又拦，鞋子掉地上）

芳：阿伯，你打水清哥也解决不了问题啊，咱们这时候得想办法帮水清哥啊。（把老梁拉旁边）

清：（捡起鞋子）爸，您的脸……

父：滚！

勇：叔还真信了。

清：那就对了。

父：（看见桌子上的菜）不对啊，小惠在娘家住，这里两副碗筷，你们俩……

勇：是，我过来给我哥……

清：给我送断头饭来了，没看还点着蜡呢嘛？

勇：额……对，我给他送最后一顿饭。（拿起杯子，往水清面前洒）

清：你这洒得是不是着急了点。

父：断……我是白发人送黑发鬼啊，爸还是走到你前面吧。（端起酒杯来喝）嗯？这咋是水。不是毒酒吗？

勇：你爸是从哪穿越来的？

清：爸，你还真把自己当宋江啦，那俺铁牛是不是得陪你一杯啊。这都什么年代了，再说了，现在哪都禁酒。

父：我撞墙死了算了。（小芳拦）

芳：阿伯，您千万别想不开，事情都有解决的一步，您还没弄清楚，别冲动啊。

父：哎，没脸活啊。

清　：爸，你好歹关心一下你儿子死活啊，您的面子跟您儿子哪个重要？

父　：（拿起鞋）它重要。

勇　：真是亲爹。

清　：我还没个鞋底子重要呗，啊，爸。

父　：同志啊，你告诉我，这个兔崽子贪了多少钱，判多少年。

清　：（偷摸地）你往重了说。

勇　：哦，那个大叔啊，水清他贪了一百万，我今天是下班没带枪，要不然在这就直接枪毙了。

父　：啊？额……（捂着心脏喘不过气来）

芳　：阿伯，阿伯。

清　：爸，您怎么了爸！（对大勇）我让你说严重又没让你说死，你……爸啊，您别吓我啊。

勇　：不是，叔，叔，骗您的，水清他没犯罪，逗你玩的。

父　：啊？逗我玩。

勇　：是，他不仅没犯罪，还升了，副处升正处。

父　：你确定？

勇　：我俩是铁哥们，今天过来就是祝贺水清的。

父　：没骗我？

清　：没骗您。

父　：升了？

清　：升了。（老梁掐水清和大勇）啊啊啊……疼。

父　：哦，我没做梦。

清、勇：我去……

父　：我儿子升啦，我儿媳妇也快生啦，哈哈儿子升官我当爷爷，芳啊，这回阿伯走在村里，是不是更有面子啦？

芳　：有，阿伯，水清哥这么有出息，您当然有面子。

父　：哈哈，哎，那你们两个臭小子，为什么吓唬我，差点要了我的老命。

清 ：爸，您坐下听我说两句，爸，如果您再把面子看得那么重，刚才发生那一幕，就不是吓唬您。

父 ：什么意思。

清 ：您想想，村里的人找您托我办事，是不是走后门，您觉得有面子，但是这些事我真不能办啊。

父 ：这有什么，又没让你多为难，说句话的事你都不给办，爸多没面子。

清 ：好，我每次都给您办了，您越来越有面子，找的人越来越多，但是走后门都不是光明正大的，如果我也习惯了这个套路，会开始慢慢地收礼，收钱，爸，今天别人来家里给我送礼，明天，您就得去牢里给我送饭，后天在刑场给我送行啊。

父 ：这……

勇 ：叔，这话可不是吓唬您，十八大后咱们党中央的反腐力度是空前的，别说那些贪污多少个亿的大老虎了，就是收一瓶酒一条烟的小苍蝇都一样拍死。

芳 ：我也听说了，好多党员干部本来是一身清白，可到最后就是被自己身边最亲的人有意无意间给带到了贪腐的不归之路，到最后家破人亡。

父 ：看来真是我老糊涂了，分不清孰轻孰重啊。

父 ：今天你们给我上了一课啊，好，很好，面子，爸爸明白了，你做个好官，清官，就是爸爸的面子。

清 ：您终于明白了。

勇 ：哎呀，今天这戏没白演啊。

父 ：对了，今天小芳这事你得给办了，给爸个面子。

清 ：爸，敢情我这白费劲了呗，大勇你把我铐走吧。

父 ：听我说完行不，小芳刚考上大学，有两个月假期，这孩子懂事，家里条件不好，趁假期想在城里打工赚点学费，你工作忙，小惠马上也要生了，我就想着，让小芳在你家干俩月保姆，这孩子勤快得很，在你这我也放心。

芳　：水清哥，你要是为难的话，我就自己去找。

清　：说什么呢，哥能让你自己找吗？就在哥家里干，哥保证比别人给的钱多。

父　：肯给老爸面子了？

清　：爸你看你，这又不是走后门。

芳　：谢谢水清哥，这是我从家里给你带的乐平雪梨瓜。（勇拿起一个就吃，清看着勇）

勇　：聊你们的，我就是吃瓜群众。

清　：一边去。谢啥，学费不够哥给你赞助。

芳　：够，我就是想减轻家里负担，锻炼一下自己，哥，你刚才演得真像，都吓死我了。

父　：臭小子，老命差点给你吓没了。

勇　：别说你们了，我都懵了。

清　：那开玩笑啊，我要混演艺圈，金马影帝给我留着呢。不过戏可以重拍，人生不能重来啊。

父　：今天高兴，走，我请你们下馆子。

清　：爸咱在家吃吧，我都做了。

父　：我是你爹我还不知道你？走吧。

勇　：这不还有个拍黄瓜嘛。

清　：他是我爹他还不了解我？（老梁，水清，小芳下）

勇　：这爷俩，（拿起一块拍黄瓜放嘴里）呸，咸死个人，我的哥啊，你一个人日子是怎么过的，真该请个保姆，等等我。（跑下）

（本剧获2019年度佛山市群众文艺作品评选戏剧类一等奖）

作者简介

戏剧小品《爸爸的面子》由佛山市三水区云东海街道文化站集体创作，梁贺、欧玉明为作品主创人员。

梁贺：1987年生，2009—2018年在海南军区和驻香港部队服役期间主要从事军区演出及文工团工作，2018年退役后特聘为云东海街道文化站公益文化课堂教师，主要从事艺术培训和艺术创作。主要作品有：军旅相声《龙年说龙》《戏说西游》《军营那点事》《爆料》；小品《心灵驿站》《爱我你就抱抱我》；原创话剧《人生不能重来》《路》《小心你的手机》等。

欧玉明：1968年生，毕业于华南师范大学音乐教育专业，现任云东海街道文化站站长。以诗歌散文写作见长，20岁开始在南方日报、广州日报、羊城晚报、信息时报等报刊发表诗歌散文十余篇。诗歌集曾被佛山市文联收编到《浪潮》文学作品丛书中。

血　胤（小粤剧）

关楚贤

时　间　中国抗日战争时期

地　点　观音庙内、外

人　物

麻　二：男，年将四十，抗日游击队员。

秀　兰：女，三十岁左右，农妇。

［黎明时分，雷雨交加。

秀　兰：［内唱乙反二黄首板

泥泞里，雷雨中，我愁！我恨！

［秀兰背着一个婴儿，抱着一个婴儿，撑着一把旧伞上，来到观音庙门前。

秀　兰：（叫白）观音庙！——观音庙啊！——（入庙，抬头望见观音菩萨，悲怆跪下）观音娘娘，你大发慈悲，救救我家牛仔吧！（拜叩后伤心地把手抱的婴儿放在观音的供桌上。欲离开，又抱起婴儿亲吻后，放到观音座近处。——忽然感觉有东西在动，吓了一跳，赶紧再抱起婴

儿，把他放回供桌上）

（乙反二黄滚花）

儿在梦中甜甜笑，娘的心头血泪淋！

再摸儿脸痛断肠！

（乙反沉腔滚花）

闷气一腔冲心坎！（晕）

［雷静，雨停，天晓。

［麻二上。

麻　二：（快滚花）

雷过雨收天破晓，完成任务我往回奔。

轻车熟路入匪巢，侦破敌情好布阵。

萝卜头，日本仔，看我游击队斩你头！抽你筋！

（路过观音庙）观音庙！观音庙！

（续唱）

观音庙前，有我恩，有我恨！（向门内望）

观音庙内，似有人？

（机警地闪身入庙，发现晕倒在地的秀兰，连忙扶救）

［秀兰醒过来。

［二人互相打量。

秀　兰：你——麻二？

麻　二：你——秀兰？

［二人惊喜。

秀　兰：麻二，你回来了？

麻　二：我们游击纵队要袭击驻扎在城里的日本鬼，派我先潜入城去侦察敌情。我完成任务正要赶回纵队报告。

秀　兰：哦！麻二你果然是参加抗日游击队了。

麻　二：是！秀兰，你怎会晕倒在这庙里？

秀　兰：（支吾地）我……

麻　二：秀兰，是我的虾头累苦你了吧？

秀　兰：不，你的虾头，好乖！你看——（解下背上的婴儿，交给麻二）

麻　二：（接过自己的儿子，热泪盈眶）

（反线中板）

荆棘丛里一圈藤，黄连树下一条根，

藤与根，不幸还有幸。

强盗绝你育根泉，豺狼砍我缠藤树，

孤儿哭声哑，鳏夫怒怨深。

报仇有路我投奔，纵队有枪配新人，

痛弃亲生儿，愤投歼敌阵。

雏婴有幸遇贵人，秀兰阿姨倾母爱，

收留危中弃，哺育若亲生。

（滚花）

今朝我父子有幸重逢，

十个响头——叩谢你大恩高行！

［麻二抱着婴儿向秀兰跪下，叩头。

［秀兰连忙扶起麻二。

（幕后子喉——仿虾头亲妈——唱新曲）

世上何物最甜暖？

妈妈乳汁最甜温。

小虾头，要记紧，

养娘更比生娘亲。

秀　兰：（花间蝶）（背唱）

我泪凝眸，交织悲欣。

喜虾头烽火路上遇严亲，

片刻里享父爱深深暖温。

悲我今母子同处同檐亦也难亲，

咫尺像隔天边远，

相对未敢将儿抱，怕多恋惹后悔不禁。

期盼观音解我心，谅我爱儿落得弃儿恨；

期盼观音赐福，为我子护荫，

愿慈悲无量，助牛仔觅新生！

［庙内突然传出婴儿啼哭声。

［为了掩饰，秀兰急从麻二手上抱过虾头，哄抚。

麻　二：（终发觉哭的不是虾头）莫非庙内有……（即在庙内搜索）

秀　兰：（痛苦地挡住供桌）没有……不会有了……

［婴儿的哭声越来越大，麻二终发现供桌上的婴儿。

麻　二：有！这里还有——一个婴儿！（抱起婴儿）

秀　兰：（再也忍不住了，悲怆叫白）牛仔——（冲前接过牛仔）

麻　二：牛仔？—— 秀兰，你——你要舍弃牛仔？你要抛舍弃你亲生的牛仔？

秀　兰：我……

麻　二：为什么？为什么？

秀　兰：唉！

（乙反长句二黄）

谁不疼爱亲生，谁愿割身上肉？

都只为欲爱无能，唯记恨豺狼残忍。

那个月圆之夜，灾难骤临。

萝卜头烧杀抢来，血雨腥风人头滚。

我夫挺身护众，霎时鲜血淋淋。

（乙反南音）

夫亡家破，我痛不欲生。

大村无留鸡犬，空屋难养活人。

野菜充饥肠，我尚能强忍，

清汤和泪水，两儿怎咽吞？

有奶喂虾头，牛仔肚空难落枕；

有奶喂牛仔，虾头饥饿虚汗淋。

日出两眼愁，日落一腔恨。

哀我身为人母，难养两初生。

想去度来——

（乙反二黄）

心不忍时，手还须忍！

与其三人饿死，不如放弃一人。

麻　二：秀兰，牛仔是你的亲生仔，你要放弃，就放弃我的虾头吧。

秀　兰：不，我要保住小虾头！小虾头是英雄后代！

麻　二：英雄后代？

秀　兰：你参加游击队，打萝卜头，你是抗日英雄！

麻　二：（万分感动）你——

［又一阵婴儿哭声传出。

［麻二、秀兰都以为是自己的小孩哭。后来发现都不是。最后，麻二在观音像脚旁发现一个婴儿。

麻　二：你看，观音神像脚下，还有一个婴儿！

秀　兰：又是一个弃婴？

麻　二：（把虾头交给秀兰，抱起神像旁的婴儿，发现婴儿身上系有血书）血书！

秀　兰：血书？

麻　二：（念血书，诗白）

行军路上接亲生，枪声炮声杀声频！

挥刀先报民族恨，弃婴痛碎父母心。

爹爹姓中娘姓国，儿女姓名中国人。

天崩不改中华志，地裂不移炎黄根。

好同志！好爹娘呀！

（寄生草）

血书句句浓情烈意，声声如撞钟振精神！

你上前线莫悬心，抚婴护根自有人。

中国孩子都不可弃，都要成人成大器。

三个婴儿全在抱，为中华崛起育新人！

麻　二：秀兰，把三个苏虾都养了吧！

秀　兰：三个？

麻　二：（快白榄）

趁着天尚早，随我上山林。

与乡亲，同携手，

护婴童，守国魂！

中华后代不可绝，

翻身全靠中国人，中国人！

秀　兰：中华后代不可绝，翻身全靠中国人？

麻　二：对！我们要与日本仔萝卜头血战到底！我们这一代打不完，孩子们长大后继续打；直到收复我们中国的每一寸土地，解救我们每一个中国人！

秀　兰：好啊！

［三个婴儿一起啼哭，哭声此起彼伏。

秀　兰：（反线秋江别中段）

好娃娃，不要哭泣。

麻　二：（接唱）我们都是中国人！

红红一方块，是爹妈血泪情。

秀　兰：（接唱）系在孩儿身，要一生相伴牢牢记，

炎黄血中国印。

麻　二：（接唱）烽烟靖，

中华复兴后继有人!

［麻二、秀兰同背起、抱起三个婴儿，坚定地走出庙门，向着天边的红霞走去……

（本剧获2019年度佛山市群众文艺作品评选戏剧类一等奖）

作者简介

关楚贤，南海区文化馆编剧，广东省文化馆特聘创作员，广东省曲艺家协会会员。长期致力于粤剧、粤曲创作，代表作品有：小粤剧《春宵》、粤曲《“国事榕”下说烟桥》、儿童粤曲《小蚂蚁抬玉米》等。